L'ULTIMA SOGLIA

NICOLA MOSCARDELLI

Texte et illustration de couverture : © domaine public
Edition : Culturea (Hérault, 34)
Contact : infos@culturea.fr
Retrouvez notre catalogue sur http://culturea.fr
Imprimé en Allemagne par Books on Demand
Design typographique : Derek Murphy
Layout : Reedsy (https://reedsy.com/)

Dépôt légal : janvier 2023

ISBN : 9791041841608

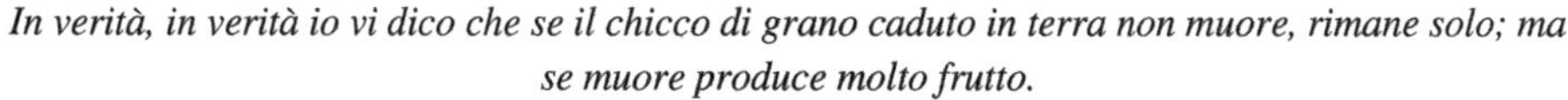

In verità, in verità io vi dico che se il chicco di grano caduto in terra non muore, rimane solo; ma se muore produce molto frutto.

Chi ama la sua vita la perderà; e chi odia la sua vita in questo mondo la conserverà per la vita eterna.

Parole di Cristo.

S. Giovanni: XII, 23; 24.

GLI SPETTRI

Sebastiano Melampo risalì le scale, e si trovò di nuovo nella sua stanza bassa, all'ultimo piano, come in una cabina affittata nel grande transatlantico della città, sempre pronto per partire e sempre fermo.

Lì le sue carte, lì i suoi libri, ed all'intorno, forse, visibili ed intoccabili come le ombre, le sue speranze.

In un grande specchio, che non serbava nulla di suo, perchè troppe facce vi s'erano posate affrettatamente lambendone appena il pallore, un po' di lume ancora, come un riflesso in fondo ad un lago, s'attardava. Nell'interno della casa, silenzio. Ma i battiti del suo cuore davano più rumore che tutto il frastuono che saliva a ondate dalla strada impazzita. A volte il fracasso era tanto forte e improvviso che l'impiantito ballava; e allora pareva davvero che la stanza minuscola e fragile partisse con tutta la casa, con tutta la città, per un viaggio sconosciuto, incontro alla notte, forse, che accampava alle porte, carica di altri venti venuti da altri climi.

Sebastiano Melampo per poco restò nell'attitudine stanca che danno i pensieri quando s'affollano muti sulla soglia della mente. Ma si ricompose subito e stette in ascolto. Lo specchio, alto, silenzioso come uno spettro, mutava colore sotto il tocco d'invisibili mani protese dall'al di là dei vetri. Il cielo s'insinuava nella opacità della lastra bianca, come un soffio d'eternità nella caducità della materia.

*

* *

Era quella l'ora delle ombre condannate ad essere sempre mute. Chi, se non Sebastiamo Melampo, amico degli spettri, avrebbe potuto farle parlare? Egli le evocava con gli occhi, come se il suo pensiero si proiettasse al di fuori con lumi di vario colore.

*

* *

(Sebastiano, questo gioco è pericoloso, come tutti i giochi: di innocuo non ci sono che le cose serie: perchè non scherzi con gli uomini, la cui natura è così semplice, e preferisci invece baloccarti con le ombre di cui sai che qualcuna ferisce? Fatti uomo! Vestiti per il corteo serale: guarda ed ammira: parla senza ascoltare: chiudi dentro di te, come vino in una bottiglia, le sensazioni di questa mascherata serale alla quale tutti assistono e nessuno è invitato. Fatti coraggio e pazienza. Le vere ombre sono fuori di qui; guardale a coppie marciare lungo le strade. Vanno tutte da una banda come foglie spinte da uno stesso vento. Confonditi in mezzo ad esse, cammina al fianco loro. Lascia le ombre vive dormire a pie' degli oggetti nella tua piccola stanza. La città è così grande che c'è posto anche per te, Sebastiano Melampo!)

*

* *

«Per addolcire il crepuscolo – pensò sottovoce Sebastiano Melampo, guardandosi le mani fredde – bisogna pensare ad un nome di donna: se le donne potessero essere nominate senza grave pericolo! Ma a quest'ora esse sole vivono e ardono mentre tutto muore spento. Estenuato il sole sui muri si adagia come un mendicante stanco di suonare: l'atmosfera si alleggerisce, si tramuta in oro palpabile. Le memorie dal passo leggero, silenziosamente vengono accanto a me: si affollano, premono, si

5

accavallano mute; esse vogliono che io le faccia parlare. Condannate ad esistere, – esse che vorrebbero solo morire! – simili a me, vogliono che io le faccia vivere e marciare l'una dietro l'altra. Marciare! Ecco la grande parola. Le strade ci sono per essere camminate, così vuole il costume degli uomini: (la verità è sempre così semplice!) Eccole qui silenziose e molli come cigni neri sul lago stagnante della prima ora del sonno. Silenziose e molli ma armate di artigli! Possono le memorie uccidere un uomo che pur le nutre? Gli echi dormenti dentro di me si sono destati e le parole trattenute vengono alle labbra; è aprile: i cespugli ed i mandorli hanno messo l'ali che sembrano foglie. Le memorie passano e ripassano scalze, senza rumore. A una a una mi guardano e mi sorridono. Come vecchie amanti lasciate non serbano rancore. Un vincolo di nuova amicizia ci stringe ancora: c'è quasi della gratitudine fra me e loro: non sono forse le memorie i figli di coloro che non hanno figli? Ma possono dunque i figli rivoltarsi come mastini e divorare i padri?

Ma mentre l'alba è dentro di me, squillante, fuori cala la sera, occhio enorme che si chiude lentamente. Il colore carnale del cielo si diffonde a singhiozzi. Il tramonto vagola, vacilla pei tetti come una rosa senza gambo sradicata dal vento. Ogni cosa ha un colore uguale all'altro, e per baciare una donna basta trattenere il suo nome fra le labbra, a quest'ora.

Tuffato nell'acqua morta delle memorie marcio senza voltarmi: lascio alle mie spalle gli orizzonti ancora intatti della febbre serale, alleggerendomi d'ogni peso. Se c'è stato qualcuno che ha navigato verso il sole levante, io voglio marciare verso il sole calante! Ma quanto di me lascio ora per ora lungo la strada che cammino! Sono forse un torrente assetato di mare, che quando arriva al mare quasi non ha più nulla da dare.

Ma ad un tratto una visione mi si arresta dinanzi, improvvisa come una foglia che cade nel bicchiere, le sere d'ottobre che si ascolta morire il giorno per la terra e fra le rame come una moltitudine di uccelli che risale al cielo. Gli occhi non se ne stancano. La riconosco.

Era una mattina paesana, casta come l'aria dei paesi i quali hanno giorni naturali che muoiono all'ora giusta nè sono ravvivati da lampade false come parole che tradiscono il pensiero. Una bambina di sett'anni pettinava alla finestra una bambola dalle trecce di granturco. Si allungavano i suoi capelli che il sole arse nel piano di luglio, distendendosi sulle sue spalle di pezza. Pareva che filasse una lana infinita, come se le treccie venissero nascendo dalla terra e non dovessero mai spezzarsi. Il sole si mescolava alla rozza capigliatura; l'aria dolce e riposata del mattino, passando sul davanzale si colorava d'oro come se fosse il sole stesso a gonfiarsi. Terra e cielo erano uniti da un respiro più forte di quello che unisce gli amanti sul letto di morte. E la toletta era casta, nè mai vi fu toletta più casta di quella. Non dinanzi ad uno specchio, ma dinanzi al cielo abbelliva la sua bambola di pezza. L'aria della campagna passava per la via: lupinella, fieno, ginestre, e rose; strisciava rasente i muri, così in basso che ogni tanto la bambina si affacciava a guardare, perchè le pareva che passasse qualcuno con un carico leggero che pure esalava un così gonfio profumo. Ma non era che l'aria della campagna, destata dal primo sole che veniva in paese strisciando terra terra per le strade.

C'era pur pace allora! Ogni ora era segnata sul muro dall'ombra della gronda che scendeva finchè a sera toccava terra; come l'ancora d'una nave che finalmente nel tramonto approda.

Ora, invece! La terra anch'essa cammina, come un mare infedele, e la pace è lontana come un'isola che nessuna carta marina segna.

È passata. La bambina s'è cancellata, ringorgata anch'essa da quest'onda che monta. Ora sono io che pettino lunghe matasse, infinite volte addipanate e sdipanate, sempre nuove e sempre vecchie. Trattengo il respiro perchè non crolli quest'architettura serale, equilibrata sui discordi venti come un anello fra due calamite.

Memorie vestite di nero, questa è l'ora vostra: nulla si salva, tutto scompare. Vorrei distendermi a terra con la certezza che la terra sente il mio peso: ma la terra ove passo non m'appartiene, e in nessuno specchio s'è mai posata un'immagine che mi somigli: sillabando parole che non conosco – è come sfogliar fiori senza nome – cerco di inumidire le mie labbra spente: ma le parole sono assetate come è assetato il tocco di campana che trema e brucia prima di inabissarsi nell'aria: foglia di suono che i miei occhi intravedono appena.

La terra è crudele e indifferente come una donna: si lascia calpestare e dimenticare, perchè sa che un giorno ci terrà per sempre.

Eppure c'è nella mia memoria il segno di un tempo in cui anch'io mi sono mosso, esistendo con la certezza di esistere. Ma chissà se ciò è ricordo o nostalgia? forse è sogno. E tutto non è che sogno, e un sogno nel sogno il mio pensiero».

*

* *

Sebastiano Melampo continuava il suo viaggio per i regni delle tenebre, dimenticando il tempo, questo mastino che alita alle costole degli uomini. Se egli si fosse affacciato alla finestra, anche per un attimo solo, quante cose avrebbe visto. Era l'ora in cui il giorno si vela e la notte non appare ancora, quando l'aria trema e s'abbassa come una donna che si inginocchia, quando.... Ma egli continuava a ferirsi le mani coi ricordi mutoli che non fanno rumore, ma mordono.

*

* *

«Io sono forse quel fanciullo – continuò – che va tutte le domeniche con un libro figurato sotto il braccio, e con un pacchetto di cioccolato in mano. Ecco, ora egli sa che è giunto al punto in cui deve allontanarsi, e andare laggiù dove la città si smorza e il rombo delle fanfare non arriva.

Adagio adagio, come uno che si diverte a poggiare i piedi in terra ed a camminare dove che sia, egli si scosta dalla corrente domenicale che va verso le piazze traboccanti di suoni: comincia ad essere uno, a poco a poco; la gente passa al suo fianco, lo spinge insensibilmente a sinistra, ed ecco egli imbocca una stradella deserta, come attratto da quel manifesto che nessuno legge. Si ferma a guardarlo: ma le parole non gli dicono nulla, è come se non le vedesse. La casa che cerca è ancora lontana. Bisogna prima giungere al regno degli alberi, alle strade di ghiaia. Più lunga è la strada di domenica. Cammina, cammina: e se qualcuno lo incontra? «Ah, bravo! per queste vie! Divertiti divertiti: ma qui che c'hai? Cioccolato? La tratti bene la tua piccola, è vero? Ma l'amore dei poeti non dura a lungo. Attento alle complicazioni, ciao!». Egli sorride e stringe il libro sotto il braccio. Vorrebbe posarlo sul primo marciapiede sgombro e ritornare indietro correndo, come uno che ha posato una bomba con la miccia accesa. Cammina, cammina. Ecco la svolta, di lì la casa si vede. All'angolo ci son due cipressi con un'ombra ai piedi che pare una donna che si specchia in uno specchio ovale prima che l'ombra salendo l'annulli senza appannarle. La campagna è dolce come

7

un'apparizione. L'erba verde luccica e digrada come un queto mare. L'aria tranquilla passa tra le rame dei cipressi scostandole appena, come uno che vuole vedere: la terra è solenne come un bove all'aratro. Due stradelli che s'incontrano e si spengono in mezzo al prato, paiono due braccia sprofondate nella terra a riposare, e già l'erba le ricopre, bassa e rada.

Sebastiano Melampo guarda fissamente la campagna, come per non dimenticarsela più. E vorrebbe incamminarsi, senza essere visto, per l'erba, e andare finchè dall'altra parte declinando scompare».

*

* *

«Suona il campanello e guarda a terra. Vuole che chi si affacci alla finestra lo veda senza ch'egli sia costretto a vedere. Dio, quanto tempo passa! Perchè dunque non aprono? E se passasse qualcuno? Un calpestìo dietro la porta che cigola e la porta s'apre lentamente con un strido sempre più sottile.

— Sediamo, cara....

— Da quanto tempo t'aspetto!

— Che vuoi, gli affari, tante cose....

— Non importa, ora sei venuto.

E le parole cadono nel silenzio, così limpido che pare di vederle scendere a fondo, come anelli gettati nell'acqua chiara di un lago ove scivolano e si quetano. Fuori e dentro la casa non s'ode un rumore. Le poltrone di cuoio rosso stravaccate all'intorno aspettano chi non verrà. È domenica e c'è sole anche dove c'è silenzio.

— T'ho portato un libro, ti farà passare il tempo.... Le parole pesano e sono difficili, come se si dovesse raccattarle da terra.

Ella non risponde: sfoglia le pagine e guarda le figure. Non c'è nessuno; e i pensieri non fanno più rumore delle parole taciute.

Tra le imposte delle persiane filtra e s'insinua fino ai nostri piedi un fascio di raggi fini fini: sulla tua gonna d'educanda c'è un merletto d'oro che non costa nulla, amore. Le acacie del giardino mosse dal vento scrollano l'ombra loro sul pavimento. Sul davanzale c'è un'ombra queta. Pare un occhio che guarda. Non altri che il tramonto ci ascolta: è lo stesso tramonto di quell'altra domenica: noi ci mutiamo, lui è sempre lo stesso.

— Ecco, vedi, t'ho portato del cioccolato....

— Come sei buono!

(Ma parole non te ne ho portate: le ho tutte dimenticate; forse non le ho mai sapute: ma ascolta i pensieri, e senti se ti son vicino)».

*

* *

(«Signore, nell'ora degli appuntamenti d'amore, io sono venuto qui di nascosto, e questo non è un appuntamento d'amore. È forse un'occasione per pregare senza chiederti nulla. Ci accostiamo io e

8

questa piccola sofferente, alla terra: ci abbassiamo, Signore, perchè ci pare di vederti passare. Silenzio dentro e fuori di noi: la vita scorre a nostra insaputa»).

*

* *

«Il più grande rimorso è questo tacerti le parole che ti sono dovute, o amore; le parole che non si possono pronunziare. Povere mani, bianche olivastre come quelle dei morti, tremano un poco. Chi le tocca? Quale vertigine sonnecchia nelle tue vene? Non le guardo se tu sai che le guardo. Hai chiuso il libro all'ultima pagina: i nostri occhi si ritrovano a terra e si confondono. Il merletto d'oro che non t'appartiene scolora a pie' della tua veste: a un tratto si spegne, e il davanzale si vuota. Il tramonto che vi si riposava come un gatto, è caduto nel giardino, senza rumore: così cadono le foglie al vento. Ci si vede di più, pare. Ma ritta sul davanzale non c'è una vecchia velata che ci guarda? È la sera che ripiglia fiato. La stanza si colma delle sue ombre affebbrate: bisogna andar via. Le poltrone di velluto rosso sono occupate – non vedi? – da altra gente venuta senza che noi ce ne accorgessimo. Alziamoci. Sorrido per cancellare qualche immagine che forse m'è rimasta in fondo agli occhi. Ci lasciamo. A poco, a poco, senza sapere la strada che ho fatto, mi ritrovo in mezzo alla folla che sempre si rinnova ed è sempre la stessa: mi risommergo nella sua corrente multicolore. Odore di vainiglia nell'aria e d'arancie sbucciate. I bambini si voltano indietro a guardarmi. Ma io guardo come tutti gli altri guardano».

*

* *

(Sebastiano, perchè non cammini? Muoviti e va. Se tu non ti muovi, la vita ti viene a cercare, così stravolta che non la riconosci. E i tuoi pensieri allora diverranno così leggeri che il vento se li porterà come le foglie).

*

* *

Sebastiano Melampo con la bocca amara, gli occhi stanchi e le mani fredde, si guardò dintorno.

Da un pezzo la sera era partita, e la notte aveva preso il suo posto.

Come bandiere appassite, grandi ombre pendevano dai davanzali. La notte imperiale dominava la città. Simile ad una città celeste, il cielo ardeva in tutte le vie seminate di stelle. Il vento scintillando varcava i tetti, si lanciava perdutamente nell'aria. La via lattea vibrava chiara e leggera come un fruscio d'argento.

Il fischio di un treno lontano rigava la terra, e pareva di vedere laggiù nella morta campagna la striscia rossa del suo sibilo, come quella di un carbone acceso. Grande era la pace della notte in cielo e la febbre della vita sulla terra.

A un tratto un monte si gonfiò, s'alleggerì, si schiarì, ricadde; e sorse la luna.

CAFFÈ DIURNO

Sebastiano Melampo non sa perchè è entrato. Anzi aveva paura d'entrare. Ma ora si trova come in famiglia.

*

* *

«Ecco il tempio dei nuovi giorni, – egli pensava –, dove non s'entra a piedi scalzi ed a capo scoperto. Ma nessuno qui prega. Solamente, questa soglia è come una riva dove le più diverse onde si frangono e si fermano pacificate. Si direbbe che all'ingresso c'è un cameriere invisibile che dà a ciascuno una maschera, a tutti la stessa.

Gli uomini dalla faccia ingiallita dalle lampade discorrono ad alta voce; in aria va il fumo, o Signore, ma non raggiunge il tuo cielo. La luce è signora del luogo, ma non in tutti gli angoli essa arriva, e là pare che il silenzio si ritiri come una piovra. Nessuno s'accosta a quelle zone tenebrose ed occulte, dove un qualche spirito maligno attende gl'ingenui che vi si avvicinano.

Non c'è in terra nemmeno un'ombra: róse dalla luce bianca come da una lebbra, si sono rannicchiate nel soffitto simili ad enormi ragnateli.

Ed io vorrei tanto nascondermi, e non guardare e non sapere che esiste quella finestra che è chiusa, ma lascia filtrare il colore del cielo, presente come un impassibile rimorso. (Sono fioriti i mandorli a quest'ora? E quant'è alto il grano? Dove sono i filari delle vigne come portici leggeri sotto cui passeggia il sole con l'ombra? Qui dentro tutte le stagioni hanno un colore, e troppo poco cielo passa da una finestra sola, e l'aria è imbevuta di luce acre che brucia la gola e gli occhi).

Eppure dove, se non qui, abbiamo conosciuto la vita? Serra di tutte le piante, prato su cui non piove né grandina, pagina breve del gran libro della vita! Qui s'entra senza saper né come né perchè, e di qui s'esce con un peso sulle spalle che dapprima pare leggero e che poi cresce sempre di più, finché un giorno ti schiaccia. Qui s'entra con aria innocente, e si vedono l'ozio e il piacere dormire ai piedi degli idoli impassibili. Qui s'entra come se non fosse nulla, ogni giorno, finché si sente che il nulla è il rimorso. Simile al ciarlatano che mostra le bisce in mezzo alla piazza, qui la città mostra i suoi serpenti con tutti i denti avvelenati. E un giorno s'è toccati; e un altro s'è feriti, e un altro s'è avvelenati.

Questa è la serra dove i fiori della vita crescono; la temperatura è costante; il delitto, l'ozio e la menzogna fanno il giro dei tavoli come camerieri onorari: ma in verità essi sono signori del luogo, e per un cuore che a loro si nega, cento son pronti a donarsi.

L'orchestra, celata come un mostro che s'ode vaneggiare nella febbre, versa il suo sangue caldo che non arde nessuno, ma mescola le parole in un'unica essenza.

Qui il Tempo non osa d'entrare, come i poveri troppo poveri per poter qui chiedere l'elemosina: ma solo si affaccia dietro i vetri e fa cenno, un cenno a cui nessuno bada, e di cui soltanto si accorgono le lampade che debbono fare più forza per sopportare il peso dell'ombra che cresce.

Qualche volta una striscia di sole polveroso s'allunga sull'impiantito: così timido e povero che pare il suono degli organetti lungo le mura; e gli uomini si guardano in faccia domandandosi con gli occhi perchè l'hanno lasciato entrare».

*

* *

Era il pomeriggio lungo le strade, ma dentro già quasi notte. Il sole entrando da una finestra non arrivava a toccar terra con le sue lance d'oro: pareva che rimirasse il vuoto sotto di lui, come se non osasse di saltare.

Le solite facce intorno ai soliti tavolini. Gente che se avesse la coda, la mangerebbe per far qualcosa. Gente che quando guarda il cielo lo fa per sapere se domani pioverà o se sarà bel tempo: gente che conosce le stagioni attraverso il guardaroba e la vita attraverso il giornale. Gente che parla sapendo che le sue parole son polvere nella polvere.

Impegnati in una discussione che dura da secoli non ne arrivano mai a capo. Simili a scultori che picchiano sulla pietra di giorno, e la pietra di notte ricresce, son sempre al principio della salita. Quando credono d'essere in cima, uno sdrucciolone e si ritrovano al piano.

Hanno in mano un bastone come uno scettro senza oro ed un cappello in testa che pare una corona democratica. Fanno gesti larghi nell'aria come l'augure che spia il volo degli uccelli. Le facce sono gialle per il sangue artificiale che vi circola, e gli occhi molli e quasi velati sono come i bacherozzoli che strisciano quando s'alza il lastrone di un cortile. A vederli così seduti tutti in giro si direbbe che siano dormenti che sognano ad alta voce. Ma a volte pare di essere nel refettorio di una casa di salute. Ognuno ha la sua manìa che lo segue: ma anche la sua verità in tasca come un accendisigaro.

Compare ogni tanto qualche donna: siede in un angolo e finge di essere assorta. In verità è assorta nell'assorbire i commenti che fanno sul suo cappello e su' suoi occhi dipinti di nero. Le parole cadono un poco e cambiano direzione perchè gli uomini continuano a parlare voltando la testa dalla sua parte. Ella si sente sguaiatamente guardare, e svestire come se la punta degli sguardi le sollevasse la gonna. E resta nella sua ombra come in un'isola.

Ma Sebastiano Melampo che ascolta, senza rispondere, le parole degli amici che hanno tante cose da dire e non sanno pensare se non parlando, ha un brivido leggero e vorrebbe interromperli. Si contenta di seguitare a tacere. Perchè scoprire i veli sotto cui gli uomini si nascondono come fanciulli? Perchè aprire le porte che nessuno vuol varcare?

*

* *

(«L'unica degna di ascoltarci – vorrebbe dire – è proprio quella che non ci ascolta che con gli occhi, laggiù, esclusa come se fosse di un'altra razza. Mentre, fra quanta gente ci circonda, essa sola è del nostro stesso sangue. È muta come sono mute le cose solitarie. Ma se per poco uno di noi le facesse compagnia con il suo silenzio più puro, e le si avvicinasse senza nulla chiederle, allora si accorgerebbe, che tutto questo grezzo materiale che ci circonda non vale il poco d'oro che si nasconde in quella donna sola. Sta in quest'aria nebbiosa e greve dove il fumo sale e l'ombra scende, come una margherita sul concio. Galleggia su quest'acqua avvelenata che per quanto salga non riuscirà ad affogarla. Non ride e non piange, e forse non ascolta nemmeno. Ma è pronta a ridere ed a piangere. Ciascuno di noi è troppo saggio perchè possa far compagnia all'altro. Ciascuno di noi ha bisogno di un di più di follia e di un manco di saggezza che solo in quella si trovano. Ogni donna sola, in un

11

caffè affollato, ha un grano di pazzìa pronto a sciogliersi nella nostra saggezza. Perchè non ci avviciniamo a quella che ci può rispondere?»)

*

* *

Il discorso continuava: le parole si riscaldavano, e volavano in aria come pula dall'aia.

Erano giovani nell'età in cui s'esce di casa e si va per le vie del mondo. Essi fermi sulla soglia ragionavano del futuro cammino, e non si muovevano. Discorrevano del bene e del male, e questo non evitavano e quello non operavano. Amavano la vita, la sentivano romoreggiare come cascata d'acqua spumeggiante che si converte in fuoco e in luce, ma ne avevano paura e l'ammiravano. Sempre pronti a slanciarsi nei gorghi della corrente, e sempre pronti a ritrarsi, udivano in petto altri gorghi aprirsi ed altre tempeste scatenarsi, le quali non sapevano come calmare. Sembrava che l'anima loro seguisse il corso della vita e le sue fluttuazioni di pace e di furia, senza che essi se ne rendessero conto esatto. Sembrava che l'anima loro non appartenesse più a loro, e non s'erano nemmeno accorti di averla posseduta una volta.

Intanto il tempo cresceva, le strade da camminare si moltiplicavano, e l'ansia di andare, come un vento caldo alitava sui loro volti imberbi.

*

* *

Come fu dunque che Sebastiano Melampo si trovò a parlare con la sconosciuta che gli stava accanto? Nè lui nè lei lo sapevano: e non se lo chiedevano nemmeno.

*

* *

«Fra rottami ci s'intende – pensava Sebastiano Melampo –, e con te si potrebbe anche partire. Siamo al di là di tutte le illusioni. Le memorie si moltiplicano come vermi sul carnaio, e bisogna calpestarle perchè non diventino rimorsi divoratori. Senza saperlo abbiamo aperto tutte le porte ed attraversato tutte le stanze. Ora non ci resta che uscire. Perché sarebbe male accompagnarsi con te? Perché sarebbe bene? convinciti, anima freddolosa di dubbi, che non c'è nè bene, nè male. E forse noi non esistiamo nemmeno; ma siamo ombre proiettate sulla terra da un divino giocoliere, illusi dalla nostra stessa ombra! Similmente le api nell'alveare vivono, mellificano e muoiono e non sapranno mai che è stato un uomo a chiuderle nelle celle: ed hanno re e regine che il pollice di un bambino può schiacciare.

Tutto ciò che può accadere è: e tutto ciò che è, è bene. Se non fosse bene, non sarebbe. Una sola cosa sappiamo che esiste: che nulla esiste. Come nel sonno i sogni si attraversano e si inseguono, così nella vita i pensieri s'intrecciano ai pensieri, i giorni ai giorni, e il futuro e il passato e il presente confondono le loro radici come alberi di un orto troppo stretto. L'uomo, come un bambino, non sa che frutti cogliere: e il domani gli appare come l'oggi visto in fondo ad uno specchio, e l'ieri come un oggi più soave. Una sola cosa esiste: nulla esiste. Noi non siamo che riverberi di una luce che è più in alto di noi; ed ogni nostro discorso che comincia non è che la continuazione di un discorso cominciato chi sa dove, chi sa quando, chi sa da chi. Noi siamo come pellegrini che vanno lungo la riva di un fiume, in cerca di un ponte o di una barca per passare all'altra riva. Ma la Morte è un barcaiolo che viene quando le pare. Perciò gli uomini sono stanchi – e qualcuno è più stanco perchè ha fissi gli occhi su quell'altra banda che vede di lontano e non conosce».

*

* *

Il sole aveva ritirato la sua lancia che non arriva a toccar terra, e c'era restato un gran vuoto. Il cielo si vedeva infoscato dalla notte imminente. Le parole non erano più nulla. Le bocche bruciate dal fumo, dalla luce e dal silenzio inghiottito come un'amara pozione, parlavano sottovoce.

La sconosciuta si allontanò con un saluto che somigliava ad un sorriso fatto con la mano, e scomparve, di là dai vetri della porta, tra la folla che diradava.

Sebastiano Melampo disse:

— La nostra giovinezza ha messo roselline finte al cappello, e s'allontana: chi sa che strada fa!

E pensò: «Prima nell'aria, poi sopra la terra, poi sotto la terra: ecco la vita degli uomini».

13

Un giorno tra le solite facce, si profilò e prese figura un uomo magro e aggrondato, con gli occhi addolciti da una malinconia silenziosa, come quelli delle donne che hanno molto patito e molto dimenticato.

Quell'uomo somigliava a Cristo come può somigliargli chi l'ha guardato a lungo, e se l'è stampato a caldo nella memoria.

Magro, piccolo, con i capelli castani e la fronte alta che gli illuminava tutto il volto, camminava lentamente per fare il minor rumore possibile, guardando le cose in tono basso come se avesse timore di turbarle.

Il suo passo non era cittadino; si vedeva che qualche volta gli pareva di salire, ed invece la strada era piana. Le sue spalle erano umili, ed a chi vedeva la sua nuca all'improvviso pareva che la sua nuca avesse gli occhi: spalle ed occhi di povero.

In città non ci sono rocce da scalare; le vie corrono distese, non sono mai stanche d'andare, e perciò forse è tanto difficile attraversarle. Meglio con l'accetta farsi strada tra le fratte e le boscaglie che inerme andare per le vie aperte.

Non era italiano; veniva dal levante co' piedi lunghi e sottili dei pellegrini e con le mani quadrate e dure, ma leggere come di donna. Lasciata la casa di pietra sulla montagna, turchina contro il cielo pallido, aveva passato il mare. La città gli aveva mostrato tutti i suoi denti, subito, e la sua doppia natura di montagna ferma e di mare ondeggiante.

Il suo sangue si rimescolava ad ogni passo; e i suoi occhi non arrivavano a vedere; così il bambino vuol prendere in mano un giocattolo più grande delle sue mani, che cade.

*

* *

Le sue prime parole furono quelle senza senso che sono sulla bocca di tutti, e che per prime si dicono per non destare sospetto: monete di tutte le tasche. Poi gorgogliando salirono le parole vere, quelle che smuovono il fondo dell'anima e quasi se ne vede il volto, come si vede il fiore in cima al ramo quando la linfa s'è mossa.

Non pare che le ore della città siano battute dal tempo sulle tempie degli uomini? E possono gli occhi restare freschi mentre le tempie ardono? Perchè le sue tempie erano infossate come se il pollice ferreo del destino continuamente le premesse; e i suoi occhi erano freschi come olive nere sotto la rugiada; solo a tratti si spegnevano, come se un flusso di ricordi montando li velasse.

Fragile come se fosse di cristallo, le sue parole arrivavano così velocemente al cuore del cielo, che l'aria intorno a lui si faceva pura e grande, come l'alone che circonda il fuoco. Nelle sue mani rudi di povero teneva le cose d'oro della vita come se non ne avesse mai conosciute altre. La sua povertà aveva il tono delle ricchezze donate.

Non amava le vie larghe, impudiche, ma quelle strette dove nessuno passa, dove il silenzio spegne i rumori come un sagrestano i ceri. Alla felicità d'una sua giornata spesso bastò una parola o un barlume. Le cose che nessuno guarda, vergini e fresche, gli si adagiavano nella memoria lente e profonde, bevute da tutta la sua carne, senza ferirlo. Tra l'una e l'altra cosa l'aria fluiva e viveva, presente e tangibile, come una divina immagine dell'increato. Gli infiniti volti che si stampano nell'aria senza che nessuno li veda, trovarono sempre i suoi occhi pronti ad accoglierli. I solitari silenziosi che invisibili marciano al nostro fianco, trovarono sempre il suo braccio pronto per sorreggerli.

*

* *

Tra Lazzaro della Montagna e Sebastiano Melampo si stabilì quell'accordo che il silenzio accompagna ed ogni parola dividerebbe. Lunghe, brevissime ore camminarono soli senza parlare, lasciando parlare le cose. Quando il cuore troppo colmo traboccava, abbassavano gli occhi e si sentivano uniti l'uno all'altro come la radice alla terra, e le parole allora annobilavano il silenzio, come il fuoco nobilita l'ardore. Ciascuno dei due compagni aveva l'impressione di aver camminato fra due muri spessi dove improvvisamente s'era mostrato uno specchio che lo rifletteva, muto.

*

* *

(«Sei venuto dal monte al piano come le pecore che scendono dalle sterpaie per dissetarsi.

Meglio era la sorgente montanina, inazzurrata dal cielo, che precipita molle come un velluto e fragorosa come una cavalcata, contenta perchè rinasce ad ogni istante; meglio era la sorgente dove ti specchi bevendo, che queste fonti addomesticate la cui acqua non ha colore e non ha mai visto il cielo. Quest'acqua è nata schiava, e non conosce il sole e il gelo. Essa dona la sete, non la spegne.

E invece la tua bocca arde e rosseggia come una ferita che soltanto la Morte fascerà.

Fermati un poco ad ascoltare: dalle vie immote, così silenziose che paiono sotterrate – ai cui lati s'alzano case che chiudono storie d'amore e di sangue, sebbene le più innocenti piante respirino sui davanzali –, si levano ogni tanto voci chiare, illuminate da un esaltato splendore che le fa cadere abbagliando. Simili a zampilli nati sul deserto, si spezzano e si riseppelliscono. Il silenzio, come il coperchio d'una tomba, appena alzato, ricade. Ma nell'aria c'è restato come un solco, un festone di luce, che somiglia all'arco giallo dei tralci nelle vigne, quando ottobre respirando colora cielo e terra, e fa pencolare ogni cosa da una banda, sì che pare che la vita si ascolti fluire e morire.

Fermati un poco ad ascoltare: quel canto che nessuno sente, è per te.

Guarda la città costruita sul deserto: la vampa del sole la tiene sospesa come uno sguardo ultimo appassionato, che vuole rapirla in alto, e prima di sera sarà calcinata; ed il tramonto non troverà al suo comparire che strade spoglie, colme già d'ombre come di macerie, e una greggia di spettri che gesticolando cammina senza vedere.

Osservala prima che muoia la città che hai voluto conoscere. Non c'è un pezzo di verde per rinfrescare gli occhi che dolgono: tutto è stato falciato, e dove non si poteva falciare fu bruciato; la cenere la seminò il vento. Le mani hanno freddo, come fiori troncati. Dove si riscalderanno? Rapidi acuti voli di rondini traversano il cielo, come lampi squillanti che tessono un legame invisibile fra la terra e il cielo: ed è forse l'aria stessa che si strappa e cade afflosciata dalla calura. È notte, o amico, e gli uomini hanno freddo come le nostre mani. Dove si riscalderanno?»

15

*

* *

«Perchè sei sceso dalla tua montagna? Ma tu hai ben fatto a scendere. Sei venuto a piedi nudi, e tutto inerme e senza peccato. Sarai ferito, arso e disperso. E le pecore che hai lasciato si disseteranno ancora lungo i rivi dei tuoi monti; e ancora la sera apparirà sulle tue valli quasi per benedirle, affacciandosi dal monte placida e solenne come una donna che si vela, – quando tu sarai stato già dimenticato, seguito da memorie non più durature di quelle che seguono le ombre che scompaiono.

Ma tu hai ben fatto a scendere».

CAFFÈ NOTTURNO

C'erano pochi tavoli, perchè brevi sono le notti e gli avventori pochi.

Si attendeva venir la mezzanotte come un temporale. Tuttavia il peso del tempo non era troppo forte. Ma a mezzanotte, come se i sostegni fossero stati tutti rotti, e spezzati i fili invisibili che reggono le cose al posto loro, e impediscono al tempo di franare, a mezzanotte l'aria era ilare come l'aria di una città che ha abbattuto il suo tiranno. Il sangue si scuoteva e le mani gesticolavano senza perchè. Le lampade impallidivano come prese dal capogiro e si aveva la sensazione che qualcuno aveva aperta una finestra invisibile dalla quale entrava il vento. Le parole nessuno le raccoglieva, nemmeno i camerieri, ferali, impassibili come automi, un po' tentennanti come idoli appena deposti dalle nicchie, muti come il tempo, e terribili come il rimorso. Simile alla cima di una montagna donde si vede tutto il piano, dalla cima della mezzanotte noi vedevamo tutto il tempo, a destra e a sinistra, a levante ed a ponente. Ma le montagne donde si scorge il piano del tempo, diedero sempre su un abisso.

Più tempo passava, più ce ne fuggiva. Noi che volevamo dominarlo, ecco che ne eravamo dominati. Salivamo una cima per scoprirne un'altra più alta.

*

* *

— Uno disse: — La notte è nostra nemica, essa pure; l'arsura s'accresce.

Un altro rispose, che parve Sebastiano Melampo: «La notte sta fuori la porta, come una mendica: noi siamo i suoi violatori. Se almeno la facessimo entrare perchè ci sommergesse tutti e ci chiudesse gli occhi! Invece stiamo qui come in una veglia funebre, e non sappiamo chi è morto. Forse sappiamo chi è morto e dove giace, ma non ce ne vogliamo ricordare.

Sentite che ronzìo tetro nell'aria. Pare il respiro della notte che ci guarda dall'alto senza che noi la vediamo. Gli specchi sono appannati e si rifiutano di specchiare il nostro volto troppo giovane per quest'ora. Perchè di notte non coprono gli specchi con un velo? Si starebbe più sicuri. Parliamo a bassa voce, vi prego. Non destate gli echi che dormono. L'aria è sgombra, e le nostre parole potrebbero passare i muri e giungere chissà dove. L'aria è vergine e intatta sebbene sia tarda l'ora: non la turbiamo coi nostri discorsi. Si rinnova il sangue del mondo».

*

* *

Ecco una donna siede accanto a noi, scivolando come portata dal suo profumo. Il cappello le dà noia, e lo posa sul divano cenerino. I capelli tirati indietro le alzano la fronte come se volessero forzare gli occhi a guardare in alto.

Il cameriere, con un sorriso che pende già bell'e fatto agli angoli delle labbra – pare a volte una smorfia di dolore, come se lo pungessero sotto le piante dei piedi –s'avvicina, rialzando il sorriso fino ai pomelli.

E scompare sui piedi piatti, camminando sulle ginocchia.

*

17

* *

Più siamo, più il rimorso si fa vivo: pare che la solitudine s'avvicini a noi come un serpe che vuole soffocarci.

Più siamo e più ci sentiamo soli. Un sorriso che pare una mascherina trasparente, passa di faccia in faccia.

Ogni tanto uno scricchiolìo lungo del legno ci fa volgere la testa, come se fosse un brivido che si desta e si sperde nell'aria.

*

* *

Il discorso, come un gomitolo che ci passiamo di mano in mano, di cui ciascuno scioglie un filo breve, finisce col cadere per terra, e nessuno si china per raccoglierlo. Ci pare di averle tutte dette le nostre parole: e, forse, non siamo che al principio di ogni discorso.

*

* *

— Qualcuno ci preme sulle spalle, non è vero?

— Pensa uno.

— E se ci trovasse la morte a quest'ora?

— Pensa un altro.

*

* *

Il tempo cresce e sta per tracollare. La notte, come un pastore che rimena le pecore allo stazzo, ha lasciato noi fuori: e pare che nessun pastore lascerebbe il suo gregge per ritrovarci.

Il sonno ha cambiato colore: una volta era nero e cieco; ora è bianco e veggente. Chi lo mira è abbagliato ed acceso, invece d'essere spento.

*

* *

Sono entrati anche quelli – a quest'ora siamo tutti fratelli. Giovani, e vivono sulle donne che li amano.

— Cameriere, qui non si vuol perdere tempo!

Sono quattro con i capelli belli, e con le cravatte accese come un grumo di sangue sgorgato dalla gola. Che teste nobili e fiere! Le donne umili accanto alla loro ombra, parlano e discutono, ma le loro parole cadono nel vuoto.

*

* *

Il silenzio che ci circonda – lo stesso che circonda i delitti e precede la morte – attira i rumori e li annulla, come una calamita attira il ferro.

Ogni tanto la porta cigola, come se qualcuno volesse entrare e non sa girare la maniglia. Forse fuori c'è il vento; forse le ombre crescono e s'ammucchiano; forse un mendicante dorme sulla soglia. L'aria non è più l'aria: è una fiammella d'alcool che brucia; si vede e non si vede, scotta e non scotta. Le lampade hanno un alone che le circonda, simili alle aureole dei santi; guardano disperatamente in giù, ma giù non c'è nessuno. Pare che la notte si giri sui fianchi come un ammalato che non può riposare.

*

* *

«La notte non vuol essere guardata – pensa Sebastiano Melampo. – Se noi chiudiamo gli occhi e facciamo la notte in noi, forse questo tremore si queterà, e le rughe dell'aria si spianeranno. Il sogno fa dimenticare agli uomini la morte. Noi siamo vivi come sogni e all'alba dilegueremo pallidamente. Simili a sonnambuli guardiamo e non vediamo».

*

* *

Le lampade son prese dalla vertigine; il ronzìo ch'era nell'aria si spegne. Un alito bianco, che svanisce come il volto d'un fantasma, si posa sui vetri.

Scossi ci destiamo. Nessuno ha il coraggio di guardare il volto dell'alba che già respirando imbianca l'aria.

Fuggiamo scantonando, come chi ha commesso un delitto.

LE ANIME SEMPLICI

Non ancora era sera, ma già la città s'attristava e si velava crucciata. Le vie trionfali erano ancora colme di sole che sotto gli strappi del vento risaliva verso i giardini freschi, lentamente; e le donne che sentono sempre prima di ogni altro i trapassi delle stagioni, avevano gli occhi metallici, accesi, e guardavano intensamente dintorno per leggere negli altri occhi il loro stesso pensiero.

Le donne hanno paura del tramonto: abituate a non rispettare il tempo, ed a spenderlo come acqua, un brivido le percorre come un fendente quando s'accorgono che il tempo finisce e bisogna renderne conto. Esse che non pensano mai alla morte, sono colpite in piena strada, nel colmo della vita pomeridiana, da questo ammonimento che sorge e si pianta in mezzo alla via come una barricata che non si può sfondare. Allora non giova chiudere gli occhi per non vedere, nascondersi per non sentire: ogni cosa all'intorno ha mutato volto e natura; i colori non squillano più, ma è come se fossero sott'acqua; le case non s'alzano più solenni: tutto s'allontana, s'estrania, si chiude. Ciò ch'era eterno pare caduco, e ciò ch'era caduco pare eterno. Le strade che fino a poc'anzi erano cariche di tesori scintillanti, ora nude e scure s'affondano nella terra, e sboccano sul deserto. Uno spirito sceso dal cielo passeggia per le vie come un barlume che il vento non riesce a spegnere: nessuno lo vede, ma tutti lo sentono, come quando le orecchie fischiano, e si dice che qualcuno pensa a noi.

*

* *

Suoni infantili venivano ogni tanto dalla parte dei giardini alzati sulla città, come fronti ricciute che trattengono i venti leggeri simili a raggi di sole trattenuti dalle foglie.

L'acqua dei laghi che lampeggia al passar delle nuvole, mutava colore, come se invisibili spiriti si fossero seduti sulla sponda a specchiarsi: e non era che la sera la quale affondando il suo volto nell'acqua, lo risollevava, come una cavalla che beve. Le foglie morte, immote sullo specchio dell'acqua, cominciavano a tremare. Le nuvole torve che erano emigrate si disponevano in cerchio nel mezzo del cielo per velarlo. Una cenere impalpabile come un alito cominciava a posarsi su tutte le cose. Le foglie a una a una si spegnevano, come lampade. I cipressi, le querci e le acacie raccoglievano la loro ombra da terra, come il mendicante raccoglie il bastone per rincamminarsi. In alto, fra gli ultimi rami, il cielo si vedeva come un occhio che spia: e già la civetta si sentiva squittire di lontano, con un grido rauco e breve come un lampo.

*

* *

È come se qualcuno avesse preso alla gola il tempo, per costringerlo a fermarsi. Prima tutto era leggero, come se il sole desse l'ali ad ogni cosa; ed ora tutto pesa e s'accascia, come se le strade salissero tutte. L'aria è pallida e trema come il volto del Signore appena deposto: le sue vene sono vuote, perciò traballa. È come se nel cielo ci fosse un'aquila ferita che non sa dove calarsi, e con le sue grandi ali aperte l'oscurasse.

Pare che tutto il cielo voglia abbassarsi, e le piazze come bocche immani lo vogliono ingoiare.

Le scalinate solenni, incavate nel mezzo come soglie di chiesa, velano la chiarezza della pietra, come se le ombre scendendo si fermassero gradino per gradino.

I campanili metà nell'ombra, con la cima nella luce, paiono antenne emerse d'una nave affondata.

Le pecore sui monti si radunano percorse da un brivido come da una lunga frustata.

Un misterioso nulla fa tremar l'aria, come quando spirò Cristo.

La sera di marzo è casta ma riscalda la fronte come un bacio.

Le mani degli uomini rosseggiano, come se avessero tutto il giorno ribadito i chiodi d'una croce.

Il silenzio s'avvicina, si ferma, e s'apposa, come il fruscìo delle foglie quando il vento si tace.

*

* *

Sebastiano Melampo è in ascolto, e guarda passare le donne stanche, come animali di lusso che vanno al macello.

«La solitudine – egli pensava – è inquieta, come la superficie di un mare mosso in fondo da tempeste. Mi sento solo come se fossi per render l'anima al cielo; solitudine dura come se l'avessero battuta sull'incudine. Dormire, solamente dormire; e che il sonno fosse un'acqua dove nessun sogno va a bere. Ma il sonno m'è vietato, come un peccato. L'anima tramutata in pipistrello mi svolacchia ai piedi, come se la luce chiudendosi le avesse reciso le ali. Un po' d'acqua per la sua bocca muta! Ma l'acqua a quest'ora è affatturata, e chi ne beve, sangue beve.

Lucida vertigine dei mondi che vanno dall'infinito all'infinito, come navi dall'uno all'altro polo; febbre delle stelle che via via s'accendono sotto il soffio alto dei venti; aria che circola sorda, quasi delirio immoto; fredda febbre, fruscìo del tempo che passa sulle tempie, ritorna ed è sempre lo stesso e sempre diverso; pensieri che se ne vanno rapiti dall'aria come fiori senza gambo; occhi che s'annerano perchè le ombre vi si vengono a specchiare come donne che han messo la veletta; e la solitudine profonda come un mare dove tutto s'annulla!

All'incrociata d'ogni via c'è un fiore caduto dalle mani di qualcuno che ha avuto paura; nelle pupille di tutti c'è un guizzo freddo del lampo che le ha attraversate; nelle bocche di tutti c'è una parola che non sarà mai più pronunziata. Il silenzio come un vento che spegne a una a una le lampade, spegne a uno a uno i rumori: l'aria s'acchiara e s'imbruna, come le donne di paese che mettono il fazzoletto in testa e vanno al vespro. Che dolce volto, o Sera, il tuo che non si vede, se questa è la tua veste e il tuo colore. Regina delle stagioni, con una mano cospargi di ombre il sepolcro del giorno morto, e con l'altra mano conduci la giovine notte che alza la testa bruna nel cielo come una cavalla condotta per il morso ad un convegno d'amore, che tutta recalcitra ed arde. Tu sei la grande ora del Tempo, ed al tuo appressarsi l'anima rintocca, come il tempio quando l'ultimo peccatore v'entra, che è vuoto e le lampade sono spente. Insegnami le parole che taci, ed estasia il mio corpo come estasi le cose beate sotto il tuo tocco!»

*

* *

La piazza dove si è fermato Sebastiano Melampo non è una piazza dove si passa; è una piazza dove si resta. Le sue pietre amano l'uomo, come i fiori divelti amano l'acqua.

21

Perciò uno sciame di bimbe, che ha paura del sole, l'ha scelta per cortile dove fa la passeggiata d'ogni notte.

Vestite di bianco, hanno un passo che le fa più leggere del profumo che le soffoca. Hanno le guance accese come se avessero la febbre, e i pomelli rossi come se avessero cantato. Qualcuna è rauca e fuma sigarette lanciando il fumo in aria come se lanciasse baci.

Ad un tratto intrecciano un discorso attraverso la piazza, come se si lanciassero un gomitolo di seta che si sfila.

*

* *

LA PRIMA

— I carabinieri cercano le carte.

LA SECONDA

— A Mariannina già glie le hanno chieste: io per me sono in regola.

LA TERZA

— Io sono già stanca: dalle sei che cammino, e tutti così sgarbati.

LA QUARTA

— Certe sere non è proprio aria, e dopo tanta strada si va a letto sole.

LA PRIMA

— Meno male che non c'è la luna: a me mi dà i nervi la luna.

LA TERZA

— La luna mette freddo; così bianca.

LA SECONDA

—Tu sei sentimentale, beata te!

LA TERZA

— Per te sono tutte sentimentali: ma a una certa ora viene voglia di dire una parola....

LA QUARTA

— E di sedersi; non se ne può più.

TUTTE INSIEME

— C'è un signorino che fa all'amore!

LA SECONDA

— Ce l'ha una sigaretta?

Tutte si fecero incontro a Sebastiano Melampo, e gli si misero in cerchio, come per giocare a girotondo.

Sebastiano Melampo era distratto, gli occhi perduti lontani, e un peso alle gambe come se avesse camminato tutta la giornata.

Una dice: — Bellino, come ti chiami!

E ride un riso gelido che le scende dagli orli delle labbra come una bava.

Un'altra esclama: — Guarda che piccolino! Non ha nemmeno sedic'anni!

— Però è malinconico; — aggiunge un'altra; — si vede che la bella l'ha lasciato.

E ride come per far solletico alle parole.

Ma Sebastiano Melampo non sente nulla, se non una tristezza che non parte nemmeno a ridere, anzi s'accresce. Un freddo pungente gli passa per la schiena come se si fosse appoggiato ad un muro di cantina. Nessuna parola è possibile: tutto è già stato detto.

*

* *

«Rottami siamo – egli pensa – ma di due diversi naufragi! Io non ho colpa, e voi nemmeno. Ma la vita è una barca che naviga tra gli scogli. Quando si parte bisogna essere accorti, e prendere tutto l'occorrente per vivere in terra straniera. Noi ci troviamo su questa terra che ci ospita malvolentieri, e non conosciamo nemmeno la lingua dei padroni. Restare ci duole, e partir non possiamo. Il meglio che si possa fare è di andare rasente i muri, lasciando le piazze larghe e le vie sgombre agli altri, a quelli che si trovano su questa terra come se fossero di casa, come se ci fossero sempre stati, come se ci fossero nati. E forse ci conviene anche parlare a bassa voce, ed il meno possibile. Non si sa mai quello che può accadere. Occupare il minor posto possibile e non togliere il sole a nessuno. Ma l'ombra, quella almeno, ci sarà tutta lasciata. Non ci siamo che noi a stimarla. Sarà bene però non dirlo, se no ci tolgono anche quella. Non si sa mai quello che può accadere. Noi non abbiamo fatto del male: ma il male tutto sta che cominci, e comincia sempre da sè. Basta che un carabiniere sulla strada, o uno spettro in sogno, ci chieda le carte. Chi di noi ha le carte in regola? Nessuno. Nemmeno il nostro nome sappiamo. Quale avventura sinistra! Chiamarci con un fischio non sarebbe più facile e più bello? Ci chiamano per nome. Ma chi sa il suo nome? Noi certo non lo sappiamo. Noi non sappiamo nulla. Noi siamo gli zingari accampati alle porte della città: della città non vediamo che le torri, i campanili, le strade e le mura che la recingono. E gli uomini, le donne, e i bambini che gironzano intorno al baraccone hanno un'aria da fiera che non è di tutti i giorni. Guardiamocene finchè possiamo. Quando entriamo in città tutti ci segnano a dito. Ma è già troppo tempo che noi discorriamo in silenzio. Il silenzio! Nostro capitale nemico! Addio, addio! E se domani ci incontreremo nel sole, nessuno di noi riconoscerà l'altro. Addio!»

*

* *

23

Erano rimaste mute e mortificate intorno a Sebastiano Melampo, come se il discorso che avevano pronto fosse stato interrotto dal suo viso istantaneamente. E già facevano per allontanarsi quando una vestita di celeste, co' riccioli spumeggianti sotto l'ala del cappello, si avvicinò e disse due o tre parole in francese. Ma – quella camicetta, quel cappello, quei riccioli – il francese stava alla sua bocca come una sigaretta in bocca a un fanciullo di sett'anni.

*

* *

«A quest'ora – aggiunse dentro di sé Sebastiano Melampo – francese o inglese, che importa? Nessuna lingua ci può far comprendere; ma solo il silenzio che fonde le parole come l'acqua i colori. È tardi. Già la notte è nel mezzo del cielo, e tra poco comincerà la discesa sul versante dell'alba, calamitata come da un abisso. Il giorno, come un mare, ha ritirato tutte le sue onde: uomini, donne, bambini. Non siamo rimasti che noi sulla piazza, come cadaveri d'annegati sulla spiaggia, quando la marea s'abbassa. Ecco un'ora solitaria come il lume che arde ai piedi di Cristo nelle incrociate delle vie di campagna. Ora limpida e fuggiasca come un lampo. Andiamo. La notte vuole essere rispettata».

*

* *

E Sebastiano Melampo s'allontanò mentre quelle si mettevano a canticchiare per significare che il discorso era stato interrotto per sempre. Strisciando i piedi ritornavano ai loro posti.

La piazza dormiva vegliata dalle lampade come da ragni bianchi non mai sazi del sangue che con i loro raggi tentacolari succhiano a chi passa sotto di esse.

L'INTERPRETE DEL SILENZIO

Una sera d'estate – c'era un languore nell'aria, come l'eco di una musica udita chissà dove –, Lazzaro della Montagna e Sebastiano Melampo mangiavano in una trattoria popolare.

C'era pochissima gente, quasi schiacciata contro le pareti dalla luce proiettata dalle lampade che pareva avessero freddo in quell'ora così tiepida. Tutto era chiaro e limpido. Mangiavano e tacevano; ma i loro pensieri si accordavano e si confondevano nel silenzio, come fiori che intrecciano le loro radici nell'acqua. Non alzavano gli occhi dal piatto, come fanno i poveri.

Fuori, nella strada, passava una carrozza ogni tanto che col suo rumore faceva crollare qualche cosa che non sè portava via.

Ma i pochi commensali non guardavano nel piatto; osservavano i due taciturni come un quadro di cui non si sa il titolo. A poco a poco anche i loro discorsi s'attenuarono, sbiadirono, cessarono, e la loro attenzione fu rivolta tutta su i due che non parlavano, mangiavano poco e sembrava avessero chissà quanto camminato, perchè erano stanchi.

A una a una nella strada le ombre prendevano il loro posto come mendicanti notturni. Pareva che un'acqua celeste colasse assiduamente ed entrasse nella stanza. Sul davanzale della finestra c'era una palma, alta e solitaria come una donna sdegnosa che guarda nella via indolentemente; e c'era al suo fianco, basso, il capelvenere, curvo sotto la luce troppo bianca come sotto una carezza troppo pesante.

Tutto viveva e pareva soffrire della sua vita. Tutto era muto e pareva gridare. Ma anche le cose a una a una quasi calamitate pareva si volgessero verso i due taciturni come verso un richiamo.

Sebastiano Melampo e Lazzaro della Montagna sentivano questa vita invisibile e impalpabile circondarli e avvilupparli con infiniti fili. Guardavano nel piatto come i poveri, ma sentivano lo sguardo di tutto e di tutti fisso su di loro, come il violinista alla ribalta sente il respiro della folla trattenersi e appuntarsi sulle sue mani che stanno per rompere il silenzio così teso che pare un velo.

«Ciascuno ha l'ora in cui è interprete del silenzio che lo circonda » — pensava Sebastiano Melampo.

I pochi commensali che guardavano non sapevano più che pensare. Avevano dimenticato i discorsi che poco prima tenevano così serenamente, ed ora sentivano un che di nuovo, di diverso, di inatteso gravare sulle loro anime, quasi un nuovo sangue pulsare nelle loro vene; come se alzando gli occhi a caso avessero visto qualcuno che dall'alto li guardava. Un gorgoglio sotterraneo li scuoteva dolcemente: quasi allungavano il collo per sentirlo.

Perchè anche l'anima loro aveva il suo silenzio desideroso di mutarsi in parola. E impercettibilmente, come le foglie che di sera si volgono verso la luce, si volgeva verso i due taciturni, quasi che essi avessero fatto un cenno.

A goccia a goccia, paziente come una madre, la notte colava: il silenzio diventava sempre più pesante e insostenibile, come un panno che s'ammolla e divien greve.

Allora un che di dolce e quasi di mai sentito prese il cuore dei due che tacevano; come se una mano delicatissima sciogliesse un nodo lentamente; un che di visibile e pure lontano, di toccabile e pure intangibile. A poco a poco non videro che un gran volto pallido disegnarsi dinanzi a loro, un volto gentile intorno a cui l'aria si arrestava, come si arresta il respiro sulla bocca della madre china sul capo del figlio che dorme; e due occhi luminosi di lagrime che guardavano, e pareva dicessero che vedevano, e comprendevano, e che avevano pietà; una pietà grande come il suo volto, e pudica come i suoi occhi.

I due che tacevano si scossero da quello sguardo con un brivido lungo come una carezza; pagarono, si alzarono e se ne andarono. E uscendo sentirono che tutti gli occhi si volgevano dietro di loro, che su tutti gli occhi c'era un'interrogazione: «perchè se ne vanno? ora che si stava così bene a tacere insieme con loro!»

*

* *

Dopo molti passi, Sebastiano Melampo disse:

— Abbiamo lasciato degli amici sicuri, che si ricorderanno di noi. Chi sa se li ritroveremo più. Gli uomini sono buoni e tanto poco basta a renderli felici! Il silenzio mette a nudo l'anima loro come la bassa marea mette allo scoperto le alghe sulla rena. Bisognerebbe avere il coraggio di prendere sotto il braccio ogni uomo che passa e dirgli in un orecchio «vieni con me»; e portarlo in una di queste piazzette che sembrano cortili disabitati, dove non c'è che qualche mendicante, qualche vecchio che vende libri usati con un carretto; e là fermarsi a guardar l'aria. Su quei posti l'aria ha un viso così affabile e profondo, così caritatevole e dolente che non c'è uomo possa resisterle. Là si tacerebbe insieme; a poco a poco l'anima del tuo compagno diventerebbe visibile e dolce come il volto dell'aria, come se l'aria l'avesse chiamata a sè per dirle una parola in un orecchio. Lasciandolo egli non ti ringrazierebbe, perchè gli è bastato un attimo per capire che le parole non hanno alcun senso; ma ti guarderebbe negli occhi, ti stringerebbe la mano, e si ricorderebbe di te come di uno che gli ha insegnato una porta per evadere dal mondo e smemorarsi.

Questo coraggio bisognerebbe avere. Se non si dà, che vale avere?

Ogni uomo che ci passa accanto è per noi sconosciuto e parla una lingua diversa, come se fosse calato allora da un altro pianeta. Ma l'aria e il silenzio sono di tutti e per tutti, e in essi si saggia e si scopre l'anima come nell'acqua si saggia e si scopre l'oro.

Quando vedo gli uomini andare sicuri per le strade, incontrarsi, scansarsi e rispettarsi, mi par di vedere una delle cose più miracolose della terra. E mi domando perchè questi uomini non si precipitano l'uno addosso all'altro, e non si sgozzano in mezzo alla strada. Chi li trattiene, se non l'incantamento dell'aria che inavvertitamente opera su di loro? Ora, bisognerebbe che l'anima di ognuno di loro fosse presa per mano e messa a contatto col volto dell'aria il cui sguardo la traversa fino in fondo come un raggio traversa l'acqua.

Allora l'Amore sarebbe amato, perchè nell'aria è l'Amore e ne vedrebbero tutti la viva figura; e il mal della vita sarebbe un poco alleviato e non ci premerebbe tanto sulle spalle, come fa.

Avendo detto questo Sebastiano Melampo, Lazzaro della Montagna lo guardò: e risentirono entrambi la stessa letizia nel cuore che avevano provato quando avevano fatto insieme l'elemosina.

La notte era serena, e i brividi dell'aria erano tenui come le pieghe d'una veste di seta.

Il tempo fluiva silenzioso come un carro di velluto azzurro. Simile ad uno specchio in cui ogni cosa si riflette secondo uno stesso colore, ogni ombra camminava innanzi al suo uomo. La terra si spegneva a poco a poco, vivendo solo il cielo. E i due taciturni sentirono le prime stelle fresche e pure in fondo alla loro anima come in fondo a un'acqua chiara e solitaria.

LA MALATTIA DELLA CITTÀ

«Ti prego di leggere attentamente queste parole che ti mando. Sono il mio testamento, le mie prime ed ultime volontà.

Poiché la città stagnante mi soffocava coi suoi venti improvvisi che spengono tutte le lampade – anche quelle accese nelle cantine che si vedono splendere dalle finestre terragne – bisognava che io la lasciassi. I suoi venticelli fatui che spirano di sera come fiammelle esalate dai cimiteri, sfiorano la pelle e invece di rinfrescarla l'accendono. Gli occhi degli uomini sono così occupati che non c'è posto per te. Gli specchi della strada sono velati e nessuno li guarda per paura di vedersi com'è. Le poche pozze d'acqua che ho trovate dopo la pioggia erano scure e morte, come se sulla città piovesse un'acqua nera: nemmeno in quelle mi potei specchiare.

La mia montagna era invece un'isola alzata sul mare, abitata dalle foreste e dalle fiere. Il vento stroncava, ma la casa era sicura. Le querce che i padri raccomandano ai figli come una testimonianza di Dio, di gennaio avevano le rame come serpenti irrigiditi dal freddo, ma di maggio ogni albero aveva le sue braccia spiegate all'impetuoso flutto azzurro, con un fiore in cima. Il rombo del mare faceva compagnia, riempiva di sè ogni cavità, come un'immagine aerea dell'acqua. Nessuno sbarcava mai sulla terra. Le navi passavano al largo come fantasmi. Ora, come fu che la mia solitudine cominciò a rugarsi come l'acqua di un lago se vi cade un sasso?

Dovei partire, come se me lo comandassero. Girai tutta la casa, passai per tutte le stanze: poi uscii fuori e la guardai tutt'intorno come mia sposa. Poi chiamai il mio cavallo, quello castano, come me, e lo fissai negli occhi: erano velati e umidi come gli occhi dell'uomo quando ha pianto, e stanchi come se volessero chiudersi. Le mie carezze invece di destarlo, lo attristavano ancor più. Il suo pelame fulvo, tra bronzo e oro, era percorso da brividi gelidi e lunghi che gli si frangevano in fronte, dove c'era una stella quasi bianca. A ogni brivido le palpebre gli si abbassavano, come si chiude il palmo della mano quando si vuol ricevere qualcosa. Quanto tempo rimirai il mio cavallo! Ma non trovai la sorgente dei brividi che lo traversavano tutto, come vermi che fuggissero sotto la pelle.

L'aria cadeva lentamente: non c'era vento. La foresta pareva sospesa, come un'enorme organo cupo con le sue canne montanti e digradanti, con il sole in cima come una voce d'oro che non si può sentire con le orecchie. Appena avevo considerato l'enormità del silenzio che mi circondava, il cavallo si mise a scalpitare sul selciato. Le scintille splendevano e morivano.

Nessuno della mia famiglia aveva mai lasciato la casa; nessuno aveva mai corso il mare; il mare ci bastava guardarlo dalla finestra, che quando era in tempesta pareva battesse alla porta. Soltanto una mia sorella una volta era partita, e di lei non s'era saputo più nulla. Nessuno aveva dimenticato la sua voce che cantava, ma un giorno la sorella minore morì senza perchè, come cade una foglia; e allora ci parve che anche quell'altra fosse morta, senza ragione. Ma tenevamo accesa la speranza come un fuoco sulla porta, perchè qualcuno la vedesse e ce la riportasse dal mare.

«Se quella che è partita non ritorna, parti tu e valle incontro».

Sciolto il cavallo, montai e scesi al mare che mi apparve come una terrazza enorme di velluto azzurro. Ma come il cavallo lo vide, gli parve di vedere un mostro, s'ombrò, nitrì con un nitrito acuto come se l'aria stessa si schiantasse, e di carriera rifece la strada. Mi pareva di vedere dietro i suoi zoccoli lucenti la scintilla del suo nitrito che non s'era spento.

Poi non ho visto più nulla.

Traversando il mare mi parve di ritornare bambino. Vedevo la mia montagna scomparire come fosse d'aria, e mi pareva un sogno. Poi non ci fu che cielo e acqua.

Allora giunsi alle piazze della città di pietra. C'era gran sole, e le ombre fremevano arroventate. Una vampa era sospesa su tutte le cose come una lama d'oro pronta a cadere. Il cielo come l'occhio d'un gran dio perdutamente era fisso sulla terra.

Perchè mi sentivo così solo? Era come se tutti mi guardassero interrogandomi con rancore.

Dapprima non capii le stagioni del giorno, poi non capii le parole degli uomini. Mio solo amico fu il silenzio, e tu che gli sei fratello. Come l'allodola nel mezzogiorno d'agosto traversando l'invisibile fiamma delle stoppie ardenti sente le sue piume ardere e il suo volo diventare più pesante, così io sentii l'oro della mia anima cadersene giorno per giorno e questa divenirmi più greve.

Come la catena del forzato è fatta d'anelli, così i miei giorni furono fatti di ore. Camminavo a gran pena per le vie dove tutti andavano a piè lesto, come se gli altri scivolassero in un'acqua leggera ed io mi muovessi nel piombo.

Sebastiano Melampo, non ti meravigliare se ti dico che la città mi apparve come un vasto sepolcro su cui il sole rovescia cateratte di fuoco bollente senza che nessun uomo si scotti. Eppure io ero stato l'amico del sole: lunghe ore l'avevo sentito sulla mia pelle come un serpente leggero leggero. Ma il sole della città non era quello della mia montagna.

*

* *

Ma due cose sono rimaste con me, come due diamanti puri. Tu le sai, non è vero?, perchè il ricordo è come un fiore che ci profuma tutt'e due.

Te ne ricordi? Erano le prime ore del pomeriggio stanche e languide lungo la via Gregoriana. Il color mattone delle case si gonfiava come una vampa, colma, e pareva che i tetti si toccassero fino a far passare solo un filo di cielo sbiancato dai soffi dell'estate. Non c'era nessuno: la città come una vacca digeriva il suo pasto. Ma ci arrivò agli orecchi la voce molle e piana di un cieco che passava col bastone rasente i muri, fiutando l'aria se mai si udisse rumore di passi al suo fianco. Noi stavamo all'ombra, appesantiti dal riverbero, quasi ciechi anche noi: ma ci muovemmo contemporaneamente verso il vecchio, e gli lasciammo un'elemosina, in silenzio; poi ritornammo all'ombra, mentre il mendicante proseguiva lungo il sole, rasente il muro, quasi ebbro delle vampe che gli fiammeggiavano intorno.

Sebastiano Melampo, che c'è di più bello che fare l'elemosina insieme? Soltanto il silenzio goduto in due eguaglia quel piacere.

E un'altro ricordo ancora tengo con me.

Quella sera che eravamo nella piccola trattoria bianca di luce e fredda di compagnia, dove nacque improvvisamente quel silenzio indimenticabile che ci unì tutti, come la lampada posta in mezzo alla tavola riunisce tutti intorno al suo chiarore; quella sera che il silenzio ci disse qualcuna delle sue più profonde parole, varcando la soglia e volgendomi indietro per chiudere la porta, vidi in fondo alla

29

sala, dietro al tavolo dove noi eravamo stati seduti, ridere un sorriso di fanciulla come un lumino tremulo invisibile. Ah, Sebastiano Melampo, quella donna sola, esiliata dall'isola silenziosa dove per poco le anime nostre s'erano confuse con quelle degli estranei che ci avevano sentiti fratelli, quella donna freddolosa e lontana aveva sorriso a noi due che non l'avevamo scòrta, e nel vederla così sorridere mi parve che mi cadesse ai piedi un mughetto gettatomi da lei. «Ecco una delle facce dell'abisso» – pensai e tacei. Poi ti sentii discorrere con la mia anima in mano. Ma quel sorriso ti appartiene. È di noi due come un fiore portato dall'acqua, che si vede e non si può toccare. Le onde del nostro silenzio erano giunte fino a lei che non sapevamo, come un profumo che si diffonde all'intorno: ed essa ci ringraziava con un sorriso muto, come quello dell'acqua quando s'increspa, come quello dei fiori.

*

* *

Il sesto giorno della mia settimana di passione ho parlato con una donna, e l'ho anche baciata.

Era una di quelle donne di cui nessuno ignora l'esistenza, eppure quando muoiono nessuno le accompagna al camposanto.

Volevo dirle tante cose, e invece ebbi appena la forza di baciarla. Le parole mi pesavano in petto con un rombo simile a quello delle api nell'arnia, nei giorni di gran sole. Le api vorrebbero uscire all'aria, ma il silenzio stesso della vampa è così intenso che pare non si possa varcare: le api non escono allora; e le mie parole son sempre come quelle api che fanno gran rombo e non possono volare. Ma ella capì i miei occhi, e mi ravviò i capelli, la mia testa sulle sue ginocchia, come un fanciullo. Ella capì che lo straniero che non poteva parlare non era un uomo di tutti i giorni; sentì che io ero uno di quelli sui quali il sabato sera s'accascia il peso di tutta una settimana di solitudine, come sulle spalle del contadino s'accascia al tramonto il peso di tutte le rame potate nella giornata. La tristezza che mi prese era così forte che non osavo guardarla in faccia; ma ad un tratto, sentendomi prendere tutto e come portar via l'anima, sentii un bisogno irresistibile di ucciderla. E la guardai pensando al colore dei suoi occhi cadaveri. Volevo prenderla alla gola, accarezzarla, e lentamente serrarla sempre più forte, fino a soffocarla. Mi adagiavo in questo pensiero, come in una visione già veduta. E più sentivo d'amarla, più sentivo il bisogno di ucciderla. Le mani cominciarono a tremare: il suo viso di bestia affamata e battuta si allargava smisuratamente: e i suoi occhi erano grandi come la parete. Mi pareva che dovunque la toccassi, l'accecassi. Ella vedendomi turbato, si mise a ridere per consolarmi: e mi veniva voglia di medicare la sua bocca, come una ferita fattale da me. Poi, dopo chissà quanto tempo, mi sentii liberato, e l'amore e la tristezza mi rigettarono ai suoi piedi come un colpevole. Va, ritrova la vagabonda, la custode dei nostri silenzi più puri e più terribili, e chiedile il bacio del perdono per me.

*

* *

Quando sono partito, chiaro era il mattino e l'aria flessibile si posava sulla bocca come un bacio mandato dal cielo alla terra. Il cuore non voleva più battere; i piedi pesavano, tutto il sangue si rivoltava; e presi la via del ritorno.

*

* *

30

L'aria della montagna mi riconobbe, e mi faceva festa dintorno, come un cane che rivede il padrone.

Ritrovai la strada già fatta: le erbe erano cresciute fino al ginocchio, perchè nessuno più v'era passato; le radici delle querci che prima affioravano sulla terra, erano corse da edere calme e appassionate come da lingue di fiamma verde.

Rientrai nella casa deserta dove il silenzio dormiva, e mi pareva che qualcuno dovesse venirmi incontro. Ma le finestre erano ben chiuse; e tutti i ricordi mi colpivano a uno a uno, come le tele di ragno che strappavo con la fronte andando al buio ad aprire le imposte.

La notte, ora, mi par di sentire il trotto del mio cavallo, e il canto della sorella perduta che canta e si lamenta.

*

* *

Sebastiano Melampo, il silenzio è diventato vivo; le erbe non traversano più la strada dalla montagna al mare. Ho falciato, potato e seminato. Ho i calli alle mani come una volta. La sera le stelle a una a una si levan dal monte di contro e si vengono a posare all'altezza della finestra; il vento le schiarisce e le accende così che pare debbano cader giù; a quel vento si sentono le cime delle querce e degli ulivi frusciare e quasi rabbrividire come a una carezza di spettro. Anch'io rabbrividisco. Mi pare che qualcuno invisibilmente passi nel bosco, a piè della casa, e si ricordi di me, e mi respiri sulla fronte. Qualcuno, Sebastiano Melampo, che noi avevamo dimenticato, qualcuno che ama la terra e la vita. Sebastiano Melampo, questa è la vita. Ho le vene piene di sangue, e il cuore pieno d'amore.

Sebastiano Melampo, bisogna amare la vita.

LAZZARO DELLA MONTAGNA».

SALA EDEN

Ed anche Sebastiano Melampo vi fu trascinato.

S'entrava attraverso una porta coi vetri accesi come in un giardino notturno che fiorisce soltanto sotto la luna; ma in ogni angolo squillava un sole bianco.

*

* *

L'ombra è abolita come la tristezza. La luce trionfa dappertutto. È proibito esser poveri e malinconici.

Si prende un biglietto come per una traversata in alto mare. Intorno i profumi danzano e si sparpagliano senza far rumore.

Alcuni grigi, docili, umili, sottomessi che quasi chiedono scusa di farsi sentire; altri rossi, arsi, stravolti, come muti che fanno disperatamente cenno; altri, ancora, squillanti, alti, sonori, calamitosi, imperiali, che alzano la statura di chi li porta. Ogni donna marcia preceduta dal suo profumo come da un paggio vestito di rosso. Come fiori di lusso hanno intorno alla persona un alone d'odore che è come l'emblema della loro carne, la corazza della loro persona, la voce del loro sangue.

Quante regine ci siedono al fianco!

Qualcuna è così bella che meriterebbe di morire impiccata, e qualche altra è stanca, – è qui per dovere d'ufficio –, ma il suo volto è sbalzato sul velluto stinto delle poltrone come un cammeo. I riflessi delle luci mobili alzano e abbassano loro le palpebre accarezzandole sottovoce, come labbra cieche che non riescono a trovare la bocca. Sembrano esser lambite dalla luce come da una carezza diafana che sentono appena. Carezza senza artigli che vali?

Ai nostri fianchi gli specchi furono collocati sulle pareti perchè la sala non avesse mai fine. Come laghi pallidi e spettrali mostrano fiori dipinti simili a strane vegetazioni acquatiche, — (la mano col rubino di una che si raggiusta la forcina dei capelli splende come una ninfea con una goccia di sangue).

Ma una venatura violetta iniettata a tradimento da una lampada che non si vede, evoca l'assenzio, re della sete, nume presente, a cui ciascuno si disseta e più s'infiamma: perchè la sete è come una lampada che più la fornisci più arde.

Laggiù, prossime ai fuochi rossi della ribalta, due palme sempre verdi agonizzano in un desiderio di vento che carezzi le loro foghe stente. Lassù, nel soffitto, c'è una vasta cupola di vetro: l'han resa opaca perchè il cielo non veda. Ma l'azzurro è così forte che a guardare par di vedere le stelle.

Il primo squillo dell'orchestra ecco raduna tutti i sonagli, i suoni delle trombe, il rombo delle campane della città. Tutti i rumori del giorno eccoli precipitarsi nel golfo musicale chiuso da rosee lampade, come da un cerchio di fuoco.

Si naviga.

La mia poltrona sorpassa le poltrone anteriori. I volti si infiammano, si stirano, si spettriscono; anche le palme hanno un brivido lungo i fusti, e tendono le foglie come mani. In un oceano di suoni in tempesta, nuotiamo con gli occhi aperti a tu per tu con l'infinito. Ogni oggetto ed ogni pensiero è attratto dalla sorgente dei suoni come i brincelli di carta son rapiti dal vento.

I barlumi pendenti dal soffitto come lame bianche par che debbano precipitare: ma nessuno ha paura. Ciascuno è rassegnato al suo destino come alla sua ombra.

Il selvaggio che sonnecchia in petto ad ognuno di noi, si risveglia, ci è di fronte e ci guata. Qui non si possono chiudere gli occhi, qui non si può essere tristi.

Il mio vicino si passa una mano sugli occhi e cambia colore: non ha più un'oncia di sangue, come se i suoni simili a ventose glie lo succhiassero tutto. Le donne non possono più star sedute; guardano disperatamente l'orchestra come un mostro celato che avanza i suoi tentacoli lentamente; e le fulminee ombre degli archi che s'alzano e si sprofondano sul muro del palcoscenico, a loro paiono code di rettili desiderosi di divincolar la testa dal frascame dei suoni.

Il sangue come un cane che dormiva sotto le sete è le pellicce, sentendosi chiamare, si scuote; nessuno sa quello che può accadere. Se ad un tratto ogni uomo si avventasse sull'altro e lo prendesse alla gola e soffocasse?

Una disperatamente si toglie il cappello, le manca il respiro, come un crociato s'alzerebbe il morione, per guardare il suo nemico a faccia a faccia; ma i suoi capelli scomposti hanno trattenuto un'impronta infantile, che è il volto della sua vera anima; ella certo userà profumi che sanno di lavanda, rosei, freschi profumi.

A poco a poco la sala si colma di suoni come una gabbia di uccelli lasciati entrare ad uno ad uno. Pare che i suonatori tirino da un sacco ai loro piedi, che non si vede, upupe e cuculi, rosignoli e gufi, rondini ed allodole, lasciandoli volare con un saettìo metallico vibrante. Non pare che tutti i gioielli posati sul candore delle spalle si siano messi a squillare?

Quando la sala è colma, e non c'è un vano che non sia pervaso dal suono, Sebastiano Melampo guarda in alto la cupola azzurra, e gli pare di vedere due stelle ferme, così vicine come se ascoltassero. Ma basta quel poco di vetro a rendere lontano il cielo e inverosimili e assenti le stelle.

Le stelle.

Chi le evoca fra questi bagliori? Il cielo fluisce al disopra di noi, invisibilmente: l'aria s'abbruna al di fuori e traballa come un bevitore d'acquavite: ma qui tutto è fermo, lucente e calmo. La natura con i suoi tremori di femmina che all'improvviso si sente male e si conturba, è scacciata come una donna onesta. Il peccato ha un sorriso sulle labbra come un fiore finto, e circola come una vecchia conoscenza. Noi tutti dobbiamo pagargli un vecchio conto; – quante volte l'abbiamo scacciato fingendo di non conoscerlo! – e in poco per sera tutto sarà scontato.

Sebastiano Melampo osserva con i suoi occhi più buoni i poveri occhi che gli sono al fianco. Ma in nessuno si può specchiare, perchè tutti son colmi di desideri, di passioni, di fiamme che guizzano sotto le pupille.

Comincia così a dubitare d'ogni immagine. Tocca la spalliera che gli è innanzi, e sente il freddo del ferro come la mano di un amico. Gli pare di mancare a poco a poco, di scomparire all'improvviso come uno spettro, e teme che qualcuno dia l'allarme. Egli non vuole disturbare nessuno, ma teme: la musica gli ha tolto ogni potere. Teme che qualcuno alzandosi minaccioso gli dica:

— Ma come, il signore non si diverte ? È forse questa una provocazione verso di noi che vogliamo godere? Si ricordi che abbiamo pagato il biglietto ed abbiamo il diritto di ridere e di chiedere bis. Lei ha forse un'entrata di favore?

Già, agenti provocatori non ne mancano mai –.

*

* *

«No, Signori, – vorrebbe rispondere Sebastiano Melampo – non si tratta di questo. Ho sbagliato, per colpa mia. Cercavo anch'io l'allegria di mezz'ora, di due ore, ma mi sono ingannato. Qui non l'ho trovata. Forse per trovarvela bisognava portarla con sé. Perdonatemi. Io non lo sapevo. Ho pagato, vi assicuro che ho pagato, e non mi hanno dato che un biglietto. Chi mi regala un poco della sua contentezza ? Io voglio fare onore a questo banchetto di carne viva e delicata, ma non vedo il coperto per me. Mi avevano detto che in quest'aria i rimorsi muoiono avvelenati, e invece io sento ora rivivere anche quelli che credevo fossero morti. Forse fa troppo caldo. Signori, si soffoca. E forse i rimorsi son come serpenti che scaldati mordono. Potevano ben mettere un avviso sulla porta: io leggo tutti gli avvisi, credetemi, ma quello non l'ho trovato. Ma voi non avete rimorsi, non è vero? e non potete capire. Ascoltate, però, ascoltate, vi prego; approfittate della mia esperienza per quando vi capiterà – non si sa mai: i rimorsi sono come il mal di stomaco. A uno gli viene il capogiro, «ora cado, ora cado» pensa fra sè, si sente diventar bianco e le forze mancargli alle ginocchie che si sciolgono: può darsi che svenga. Allora lo portano via e gli dànno un cordiale. Ma il cordiale fa bene allo stomaco, non serve per l'anima. Ditemi, conoscete voi un cordiale per il mal dell'anima? Eppure vi assicuro è un male che esiste: ma forse non l'hanno ancora studiato perchè siamo così pochi ad averlo. Dunque, gli danno un cordiale. E quello sta sempre male. Eppure rinviene. Cammina perchè gli han detto di prender aria, e gira per la città come uno che porta in tasca il feto di un bambino e cerca un posto oscuro dove depositarlo. Ma c'è tanta luce ora che di notte ci si vede più che di giorno. Il rimorso è come il feto nato da un amore adultero, Signori. Ora, beati voi che non avete rimorsi. E poi, ascoltate vi prego, quando v'hanno dato il cordiale vi tocca anche ringraziare: così vuole la buona educazione.

Perdonate Signori, se vi ho disturbato. Fra poco comincerà lo spettacolo. Voi sapete il programma a memoria e non temete sorprese. Ma, non ve ne abbiate a male, avete notato in fondo al manifesto l'avvertenza? C'è scritto che la direzione si riserva il diritto di sopprimere o mutare qualunque numero del programma. Badate, Signori, badate, crepi l'astrologo! – ma non vi pare che chissà!, non si sa mai, fra una stella francese e una vedetta spagnola, potrebbe affacciarsi, non ve ne abbiate a male, potrebbe affacciarsi la Morte? Ah! Ah! Ah! Io scherzo. Signori miei, io scherzo! Lo scherzo è l'anima della vita, come la reclame è l'anima del commercio; e voi mi avete messo di buon umore. Già, perchè la Morte esiste. Signori, perdonate, perdonate, ed ha l'entrata di favore in qualunque locale, È una specie di carabiniere in borghese, ah!, ah!, ah!. E poi essa è come un'ombra, ma non basta accendere tutte queste lampade per impedirle d'entrare. Già, lo so, lo so, le porte son chiuse. Ma, avete notato? Guardate, voltatevi, vi prego!

Vedete? C'è il cielo, si vede il cielo! Una cupola di vetro! Ma chi fu quella bestia d'architetto che costruì questo splendido ritrovo? Una cupola donde passa il cielo! Quale distrazione, non è vero. Signori? Ci potrebbe passare anche la Morte! Ah, che distrazione! Ah! Ah! che distrazione! Scusate, Signori, scusate. Non ci sono abituato: non so leggere nemmeno un programma, è inutile, non lo capisco. E poi qui fa caldo, mentre fuori si gela. S'aspetta che la musica ci riscaldi fino al giusto

34

bollore. Ci divertiremo: è un ottimo locale questo, eh, non fo per dire, me ne hanno parlato degli amici, se sapeste gli amici che ho io! Ma, che volete?, non ci sono abituato. E se per caso, ascoltate, vi prego. Signori, se per caso cadessi sotto la poltrona, vi ringrazio, prego di raccogliermi. Ah! Finalmente! Udite il campanello? Sembra un campanello d'allarme, non è vero! non è vero! Comincia finalmente! Sediamo e ridiamo! Non bisogna dimenticare che siamo qui proprio per questo».

*

* *

Ma a Sebastiano Melampo non gli successe nulla. Guardava con gli occhi assenti, dove i pensieri si accendevano e spegnevano ininterrottamente, senza mai fermarsi.

Le belle e le brutte passavano dinanzi ai fuochi rossigni della ribalta che le faceva trascolorare; cantavano con un fremito in tutta la persona; ma le voci erano aspre, secche, assetate come la luce che le illuminava. Un riflettore acceso alle spalle degli spettatori le colpiva in pieno con una impudicizia così sfacciata che era quasi peccato; elle si lasciavano svestire da quella luce simile a una cipria fine e secca, e dagli applausi del pubblico, grossi, carnosi, sensuali.

Ma ad un tratto l'orchestra tacque come se fosse sprofondata; e parve che tutto si fermasse: non restò vivo nell'aria che il ronzìo del riflettore. Poi la luce diminuì come se scendesse di un gradino verso la terra. E comparvero due pagliacci. Danzarono e saltarono come ubriachi, tripudiando sui resti di chissà mai quale deità abbattuta e infine, nel silenzio profondo come lo stupore, gentilmente invitarono la morte. Composero una gran piramide di tavoli che parevano un brivido fermo pronto a dileguare, e poi vi montarono sopra, e quando furono in cima per burlarsi della morte che non osava uscire dalle quinte, si misero a leggere il giornale. Il pubblico non respirava più; sebbene fossero tutti seduti pareva che fossero in ginocchio dinanzi ai due folli del gioco.

In un baleno la piramide si rovesciò sull'assito della scena, e i due pagliacci come fossero di gomma, risero un'ultima volta e si rimpiattarono dietro le quinte, come se li rincorresse il fuoco.

Allora l'orchestra tornò a galla, e i violini rifecero da ventaglio alla grande ansia che soffocava ognuno.

Ma in fondo agli occhi di ognuno c'era un desiderio languente come il fuoco sotto la cenere: «Siamo qui per dimenticare la morte, e questi pagliacci la chiamano!». Qualcuno per riposarsi voltò gli occhi in su, dove si vedeva, attraverso la cupola aperta, il cielo con un poco di luce lunare, come una carezza lunga lunga che scendesse dal cielo fresco fino alla terra affocata.

Allora riaccesero tutta la luce. E parve che l'aria si risollevasse, e che ognuno respirasse meglio.

35

PRIMAVERA

Oh, – Signore, un altro tuo avvertimento!

Sebastiano Melampo aprendo gli occhi al mattino e guardando verso i vetri li vede rosei e lucenti, come se nascondessero qualche cosa, nella strada. L'aria è tiepida, docile. Che c'è di nuovo? Si leva, va alla finestra, e prima che apra i vetri già sa l'avvenimento. Non c'è dubbio. Guarda giù nella via attraverso le gelosie delle persiane e non riconosce la terra. Non è più quella. La terra è tutta festante, sebbene sull'acciottolato non ci sia che un riverbero pallido di sole, che pare debba tramutarsi in tanti fiori.

È la sua stagione, finalmente questa.

Iersera non c'era nulla di strano nell'aria. Il cielo s'era richiuso come tutte le sere, e la notte era scesa lentamente sola con le stelle, e null'altro. Ma stamane è arrivata la primavera. È sbocciata improvvisamente e silenziosamente nella notte, e la terra ne è ancora stupita, ma è contenta, larga, sdegnosa, e mostra i denti bianchi come una fanciulla che sa d'essere bella.

Guarda come l'aria è piena di punti d'oro: sole e polline hanno lo stesso colore. L'atmosfera è turbata come se qualcuno l'avesse rimescolata col suo fiato profondo pieno d'amore. Tutte le cose sono delicate e nuove, come se fossero nate stanotte.

Perchè stanotte è nata la primavera, come se il cielo si fosse squarciato in qualche lontana parte e l'avesse lasciata cadere senza rumore.

Sebastiano Melampo apre le persiane, e il sole che riposava sul davanzale, si riversa lungo il parapetto, trabocca nella stanza, voglioso anche lui di distendersi. Pare un gatto dorato con le carezze.

Il cielo è leggiero come una peluria fine fine fine: s'è disciolto e innalzato; è pieno di fremiti, pare pieno di corolle di violette svelte dalla terra che salgono. Le colline laggiù che fino a ieri parevano grigie, e che la sera tornavano scuricce come il ferro, sono oggi estasiate, che quasi dileguano: fumo, paiono, alito. Tra l'una e l'altra, nell'insellatura caliginosa, il cielo è così ingenuo che pare un'ascella di donna.

Tutta la terra fa pena a guardarla. È piena di turbamenti, di sussulti, di brame; come una pelle delicata, si stende.

Ieri tutto era colore del tempo passato: oggi tutto è colore del tempo futuro. Pare che laggiù nel piano, gli spiazzali dei campi si sollevino, leggeri come un uomo che si desta e segua il suo respiro. Ma il cielo è come un occhio molle di sonno che non si schiarirà più. Dove ieri era turchino, oggi è viola: la sua tenerezza è tanta che pare debba crollare.

*

* *

Sebastiano Melampo abbassa gli occhi: e gli pare che il suo sangue abbia sentito l'avvertimento prima di lui. Ma è come se non avesse più sangue, o l'avesse di un altro colore. Se il peccato avesse un volto, somiglierebbe a quello della terra, oggi.

Chiude gli occhi; come delle mosche gialle, ombre tenui, vaporano, appaiono un attimo e si disperdono. All'infinito. Sulla fronte gli pare che qualche cosa s'è posata, come un respiro lento. Apre

36

gli occhi: è l'aria che s'accosta alle tempie con la lentezza di una donna che fa una carezza al buio. Si ritrae, quasi con paura. Gli pare che i battiti del suo cuore se ne vadano in aria ad aumentare i fremiti che vibrano. Tra l'una e l'altra collina, laggiù, s'è fatta strada una riga turchina, trepidante come una donna uscita dal mare che cammina a piedi nudi sulla rena.

Ma il cielo e la terra sono sospesi, come per dirsi qualche cosa sottovoce. Sebastiano Melampo richiude gli occhi, ed ha una gran voglia di piangere. Gli par quasi di udire il rombo delle sue lagrime come quello della vena che non riesce a rompere la roccia. Perchè tutto questo, o Signore, è come un rimorso; sono questi i suoi aspetti, le sue movenze, le sue parole che si vedono e non si sentono, o Signore.

*

* *

(O Signore, Signore della vita, la vita si parte da noi e la morte ci resta.

Perchè ogni anno, Signore, questa festa? Tu sai che noi invecchiamo, non rimettiamo le foglie, nè rinnoviamo i frutti: alberi spogli, siamo, o Signore. Già siamo metà nella morte, come radici interrate a metà che non possono più succhiare. Che forza ci vuole, o Signore, ad osservare i tuoi miracoli, da un giorno all'altro!

Tutto avviene con così cauto passo che noi non ce ne avvediamo più, ormai. Siamo sordi a questa tua bellezza come se uno scoppio improvviso ci avesse lacerato gli orecchi.

La terra s'è destata, ed ha aperto gli occhi, o Signore: ma l'anima nostra sonnecchia ancora come un cane sulla soglia.

Trattieni un poco le foglie, Signore, ferma i succhi nelle rame come il sangue nelle nostre vene; soffia sulle nuvole perchè coprano il sole. E schiarisci il cielo, rifallo turchino, perchè noi lo possiamo rivedere com'era, perchè possiamo sapere che cosa si nasconde fra i suoi sorrisi violetti, fra le sue penombre tremanti, dove qualcosa ci aspetta, o Signore, dove qualcuno ci aspetta, o Signore!).

*

* *

Sebastiano Melampo torna vicino alla proda del letto. E gli pare che il letto sia una tomba dalla quale è stato destato: e ora non riconosce il mondo, il mondo che l'ha dimenticato.

*

* *

Dalla via si sente un canto di fanciulla. Fino a ieri ha cantato a gola spiegata, come per chiamare qualcuno: oggi il suo canto si leva appena da terra e ricade; come uno che camminasse con una rama di mandorlo fiorito, strascinandola per terra e rilevandola ogni tanto. Poi il canto si ferma, inghiottito. Dopo aver tanto chiamato, pare ora che qualcuno sia arrivato: e quella voce ne è tutta turbata, arrossita, come il viso della sposa dinanzi allo sposo.

*

* *

37

Il sole s'allenta, s'allenta, come una rete d'oro rilasciata dai tetti che giungerà fra poco fino a terra, lungamente.

Tutti camminano un poco curvi, con la bocca serrata, come se avessero avuto una notizia inaspettata. Un bambino rincorre la sua ombra più lunga di lui, e un gatto che fino a ieri ha passeggiato pei tetti, oggi è sceso sulla strada e cammina archeggiando lungo i muri, malsicuro sulle gambe come un convalescente.

Un'altra voce si leva, un altro canto. Ma pare un canto di ieri. È una donna che sospinge un carretto carico di frutta. Così rossi che paiono brace. Nessuno si arresta a comprarli. Stanno nelle ceste le mele, le pere, e le mandarine, come cose morte prossime ad essere sfatte. Il carretto stride maciullando la ghiaia, e il canto della venditrice l'accompagna, solo nel mezzo della strada come il filo di ferro, quello a cui attaccano il tendone l'inverno e l'estate: ora pare che la tenda l'abbiano tolta: e si vede quel ferro, quel canto, rigare l'aria e lontanare.

*

* *

Come sfocati i colpi del fabbro sull'incudine! Pare che il ferro si sia addolcito e non risponda più alle martellate.

Come lenti i rintocchi di questa rossa campana che suona dalla torre vicina come se tutta tremasse! Lunghi e delicati come se proprio ora stessero martellando la campana e fosse tenera ancora; nell'aria il suono come una polvere si spande, e non arriva nemmeno alla terra. Pare che alzando le mani si debba toccarlo, come una ragnatela sospesa chissà dove, che scende.

*

* *

Nel caffè dirimpetto hanno aperto tutte le porte, e c'è un tavolo vicino alla soglia: come se dovesse entrare qualcuno, qualcuno che non viene. Si vede in fondo lo specchio fiammeggiare per il riverbero che gli manda la strada.

Tutte le cose s'ammiccano con gli occhi splendenti. Il cuore sente i loro ammicchi come rintocchi di una campana celeste. Ma a Sebastiano Melampo paiono cupi e neri come colpi di martello che inchiodano la bara dove c'è qualcuno; come passi pesanti di chi segue il trasporto di qualcuno.

E il cuore non si vuol fermare: e tutte le cose battono con lui, a perdimento.

*

* *

La giornata è passata come un sogno. Anche la sera è stata ringorgata prima che si vedesse il suo volto. Soltanto, nell'aria c'è una striscia cenerina che si può toccar con le mani, e sebbene la notte sia ancora lontana, il cielo è tutto un presentimento di stelle.

Sebastiano Melampo guarda il cielo così fissamente che gli pare di vedere le stelle tremolare, come labbra che si muovon di lontano per dire parole che non giungono alla terra.

IL MODELLATORE DI OMBRE

— Che fai, Sebastiano, costà pensoso? Si direbbe che tu voglia veder passare il tempo: ma tu non sai dunque che il tempo non ha colore? —

Così domanda a Sebastiano Melampo un amico che lo vede fermo ad una incrociata, come uno che non sa qual'è la sua strada,

— Tu credi di vedermi, non è vero? – risponde Sebastiano Melampo –. E sei tanto sicuro di vedermi che mi parli anche, sicuro che io ti risponderò. Ma pensa per un attimo solo, che tutto ciò potrebbe essere un'illusione, un errore, un inganno, innocente, innocente quanto ti pare, ma sempre un inganno! Rifletti per un momento solo che forse io non esisto: ti parlo, tu mi vedi, ne convengo; ma tutto ciò potrebbe essere un sogno. E potrebbe essere che né tu né io siamo qui di fronte, ma due ombre.

Gli uomini non vivono mai tanto intensamente come quando sognano. La nostra vita è intensissima, rifletti, ti prego. Hai mai fatto le ombre sul muro intrecciando le dita delle mani? È un gioco innocente, che fanno i fanciulli: ci si vede la farfalla, il prete sul pulpito, il cane, il cammello, il cavallo. Ebbene che diresti se una di quelle ombre da te proiettate sul muro, scendesse per terra e cominciasse a vivere per sé, senza saper nulla di te, senza conoscerti, senza desiderarti, senza vederti? Tu potresti pensare per quanto tempo vuoi che quell'ombra che si muove e vive è un' illusione, che essa non esiste, che sei tu che l'hai creata; tu potresti correrle dietro, seguirla con gli occhi dove e quando ti pare: quella non ti sentirebbe, ignorerebbe per sempre la tua esistenza.

Amico mio, se ognuno di noi si domandasse una volta al giorno «sono o non sono un'ombra?» – e si volgesse indietro forse riuscirebbe a vedere il Creatore di ombre. Colui che ha creato noi tutti e tutte le cose visibili ed invisibili.

Ma forse allora anche la maggior parte di noi diventerebbe pazza, e tra i sani non resterebbero che le bestie e gli uomini che son simili a loro. Tutte le altre creature sarebbero toccate. Ma non c'è da temere. Gli uomini si difendono bene: essi non pensano e non penseranno mai a questo. Essi vivono con la certezza che non sognano; il sogno che dovrebbe gettare nell'anima loro la prima radice del sospetto, è, al contrario, per essi la prova migliore che quando hanno gli occhi aperti non sognano più, ma vivono.

Essi camminano sulla terra, e ne provano la durezza col tacco delle scarpe; non hanno mai provato l'impressione della terra che sfugge sotto i piedi come se rotolasse.

Essi stanno sulla terra come se ci fossero sempre stati: stanno sulla terra – orribile a dirsi! – come se ci fossero nati.

Doveva pur nascere un uomo in mezzo agli uomini diverso da tutti gli uomini. Amico, quell'uomo ti sta innanzi. Tu sei certo di vederlo. Egli non è sicuro né ch'egli ci sia, né che tu ci sia: egli è sicuro che nulla è sicuro.

Gli uomini si coricano la sera, certi di destarsi al mattino; io mi corico sempre con la certezza che non mi desterò mai più, e che quella è la mia ultima notte sulla terra. Essi camminano per le strade affollate di esseri simili a loro, e in nessun occhio vedono quel sospetto che nel loro non trova posto. Si stringono le mani fra di loro: prendono accordi per il giorno dopo, per un mese dopo, per un anno dopo. Poggiano i loro beni, la loro felicità, la loro vita che a loro piace tanto, sur una barchetta che si chiama settimana, mese, anno. Essi sono sicuri che quella barchetta la ritroveranno dopo un anno, un mese, una settimana. Ma che ne sanno essi del mare sul quale naviga quella fragile cosa che custodisce tutto il loro tesoro? Essi non ne sanno nulla; si fidano del tempo come il cacciatore si fida del cane che scoverà la lepre. Ma, ascolta, quella settimana, quel mese, quell'anno potrebbero non venire mai più. Ahimè! Gli uomini sono già tutti folli, amico mio, ma poiché la follìa è generale nessuno si accorge di essa. Io me ne sono accorto, ma ho dovuto nascondere la mia scoperta per non essere chiamato pazzo e rinchiuso in manicomio. Perchè amo la libertà, e mi piace riposarmi all'ombra di qualche albero, ombra fra ombre, guardando se mai appare Qualcuno, il Modellatore di ombre, che intrecciando le dita delle mani ci ha proiettato sulla terra mettendoci in vita.

Guardati intorno, amico, ed osserva.

Ad ogni svolto di strada c'è qualche ombra sospetta: le tenebre sono abitate, e là dove nessuno mai posò lo sguardo, si profilano inaudite visioni di mostri irreali pronti a ghermire la preda. L'aria non è sgombra, quale tu la vedi, ma abitata da invisibili (e visibili!) forme, simile all'aria d'estate percorsa dal fremito degli insetti che si sentono e non si vedono. Simili a rondini in gabbia, le quali tanto danno il capo contro le stecche che ne muoiono, gli uomini, prigionieri della terra, battono il capo contro i confini, i limiti segnati eppure per essi invisibili; e la bilancia della loro esistenza, che essi credono ferma ed incrollabile è sempre lì lì per tracollare dalla parte della morte, perchè la morte ci segue come l'ombra e solo di tanto in tanto ci tocca sulla spalla, finché ci costringe a voltarci e a fermarci per sempre. Questo solo è sicuro, amico; questo solo. Un giorno ci siamo staccati dal muro dove le Sue mani ci proiettavano, ed abbiamo camminato da soli, senza curarci di Lui. Siamo andati di qua, di là, come maestri di noi stessi, padroni della nostra vita: e non eravamo che un'ombra impalpabile staccatasi dal muro. Rifletti, o amico: un'ombra proiettata sul muro, basta chiudere le mani per farla scomparire, morire. Così è di noi.

Il giorno in cui ciascuno di noi conoscerà il modo della sua origine, allora, invece di andare innanzi tronfio e rimpettito come un re, si fermerà a guardare dietro di sé, e aguzzerà gli occhi per cercare di vedere Qualcuno, Colui che modella in eterno le ombre.

Questo io stavo facendo, qui all'incrociata, ora che il sole aumenta le ombre e mi pare di non essere più solo.

Le vedi distese a piè delle case come cenci sudici? La vedi distesa a piè del salice? La vedi distesa a piè del pino, laggiù? Guardala bene, non la lasciar sfuggire. Ciascuna di esse ignora la natura della sua esistenza. Ma, guarda, il sole se ne va, s'oscura. Ahimè! Che vedi? Nè a piè delle case, né a piè del salice, nè a piè del pino c'è più l'ombra. Esse credevano di esistere, e non sapevano che erano un riverbero della casa, del salice e del pino. Che cosa siamo noi di diverso da loro, o amico? L'ombra delle Sue dita che non vediamo. L'ombra di quelle mani che vedremo, quando, egli le richiuderà, e calata la sera anche per noi, noi risaliremo lungo il corpo che ci generò, solo allora sentendolo e vedendolo.

Ora, lasciami solo. Tramonta così beatamente che mi pare sia l'ora che anch'io debba tramontare come un'ombra. Guardami bene, se mi ami. Può darsi che l'aria mi inghiotta, da un attimo all'altro. Io ho scoperto il segreto della vita, e la morte potrebbe credere che il mio lavoro è finito.

Buona notte.

*

* *

E mentre le stelle si accendevano fresche e chiare nel cielo egli restò a guardarle lungamente. Finchè il vento della notte scuotendolo, gli annunziò ch'era l'ora di rientrare.

* *

NUVOLE DI MARZO

Sebastiano Melampo guarda dal ponte l'acqua del fiume che se ne va, gialla e torba, quasi chiara e quasi verde, a seconda. Lenta e tranquilla, gli pare un'immagine del tempo che precipita, e non torna mai al monte donde è scesa.

Cielo fosco: sprazzi di luce traversano il nuvolame, dov'è più rado; ma pare che la luce non arrivi fino a terra, tanto poca è la sua forza; pende a mezz'aria come un merletto disteso ad asciugare. L'orizzonte cupo come se la terra gli riverberasse bagliori notturni, curvo sotto il peso del cielo, pare un gigante che ha chinato la testa fino a terra e chiuso gli occhi; simile alla vacca stroncata che s'accoscia, quando il vapore del suo sudore pare il colore del muglìo sordo che l'esce dai denti con un filo verde di bava.

Tutta la terra, in questo giorno diviso fra il sole e l'ombra, pare una cosa enorme invasa dalla stanchezza. Le case, quasi abbassate, paiono pronte ad essere ingoiate; se un filo di lume le tocca all'improvviso sul tetto, se ne rallegrano appena, come la vacca distesa sul fianco gira appena gli occhi verso la luce che vien dalla porta sulla mano del contadino che non può riposare.

*

* *

«Sono tornati i tempi – pensa Sebastiano Melampo – in cui la luce non era ancora nata, e le cose non avevano nè volto nè colore: l'universo tramortito attendeva, come i cuccioli della cagna che con gli occhi velati abbaiano con un filo di voce, e cadono di qua e di là senza equilibrio. La terra oggi pare senz'occhi, e l'universo un che di spezzato e di intontito, come il contadino ch'è caduto dall'albero dove coglieva le olive col canestro infilato nel ramo.

È il giorno della domanda: «chi ha inventato la vita?» Ogni tanto il cielo pare che s'abbassi sul nostro capo, e quanto più il nostro pensiero in lui si riposa, tanto più la terra a sè ci attira gelosamente. Terra e cielo si contendono la vita. Siamo tra due fuochi senza bruciarci, tra due venti senza spegnerci. Il corpo si fiacca in questa lotta d'ogni giorno, e l'anima se ne va dove le pare. Cala nelle acque più profonde, tocca le terre più lontane come un alito di vento scala le montagne, scende negli abissi, cammina su vertici, parla con le rupi e con le nuvole, tocca il sole, s'indora – e non ci appartiene più: eterna come l'ombra che non si può mercanteggiare, preziosa come la luce che non ha nè peso nè rumore, immortale come l'acqua che disseta e non ha colore, ed è dannata ad andare.

Nuvole chiare, nuvole scure, livide e luminose, leggere e pesanti, voi avete con voi l'anima mia ed io sono qui solo, come il bastone che il cieco ha lasciato cadere. Vento di primavera, se io potessi essere un grano di quella polvere che tu porti con te! Quando tu mi assali alla faccia, mi pare che tu abbia da portarmi una parola, e come un muto mi guati e non puoi parlare. Vento di primavera, essere portato da te!»

*

* *

Attraverso due nuvole che si sono aperte e disperse nel cielo, è passata una banda di sole chiaro e fresco. Al di qua della banda l'aria s'infosca ancora più crucciata. Ma non pare che tutta l'aria crolli sfibrata come se qualcuno avesse intaccato le basi della sua architettura? La carne si smolecola e si sfascia; come quando si alza una lastra nel mezzo del cortile, e i vermi neri e bianchi strisciano fuori, così i nostri pensieri, nell'aria che s'alleggerisce si dilungano per tutte le vie senza che sentano più il nostro richiamo.

Le mani sono stanche, tiepidamente indolenti; la pelle ha caldo e freddo a zone varie come quelle dell'aria; e le pupille non vedono più chiaro, ma come se su tutte le cose fosse posato un velo celestino. Pare che i cieli crollino a uno a uno, sotto il peso delle nuvole: come se le nuvole li macchiassero tutti! Non c'è nessun profumo nel vento, ma una mescolanza d'odori teneri e dolci, freschi ed umidi, come se non i fiori, ma la terra stessa che si screpola e frange odorasse. Mentre si cammina in una zona sicura, ecco che l'aria si fende, e lascia passare un solco d'odore più forte, forte come un richiamo, che ci attira come un trabocchetto, come se una donna invisibile fosse passata a distanza.

*

* *

«Le strade si confondono, s'allacciano e si perdono l'una nell'altra, senza fine nè principio, quasi smemorate. I sensi scoperchiati e ridesti, come echi spigriti, sentono e si rimandano i richiami di tutte le mete: ma la carne tenuta insieme dalla fiamma che la circonda, non si disperde per opposte strade, ma crolla al suo posto, come il sacco del mendicante appoggiato alla porta chiusa.

Dove eravamo ieri, se oggi non riconosciamo il mondo ? Ci pareva d'esser fermi e invece camminavamo.

Baleni leggeri e fluidi, come il lino sotto il vento, sfiorano le tempie, simili a carezze fuggiasche: gli spiriti alati della primavera ci passano al fianco correndo: è forse l'anima dei fiori che ritorna a seppellirsi sotto terra per rinascere visibilmente?

Anche le acque dei laghi, sulla cui proda pare che il silenzio mangi un tozzo di pane come un mendicante, si sono mutate e quasi ringiovanite. Per gradi inavvertiti, ecco che la loro sostanza s'è fatta diversa: quelle ferme sono scomparse, scese ancor più sotto la terra; quelle azzurre hanno cominciato a salire lentamente, con vapori leggeri come fiori d'aria; quelle gialle, dove il tramonto si specchiava più lungamente che altrove, con brividi lenti, come quelli che attraversano la carne nel più buio del sonno, hanno cominciato a tremare, con un desiderio di spandersi che fa tutte le prode troppo basse; e il silenzio se n'è allontanato, come il mendicante che dorme sulla soglia della porta chiusa, ripiglia la sua bisaccia e s'allontana quando la porta s'apre; le immagini che su di esse vedevamo, ecco il sole le ha distrutte: e già le rame cominciano a rivestirsi di foglie, come le ali di penne. Curve sullo specchio affondano la loro ombra come una lenza leggera.

Non si può più dormire. E chi si distende sulla terra per riposare, sente lontane peste, come di carovane in arrivo: così alla vigilia della fiera, le strade che conducono al paese sono gonfie della polvere alzata dai carri che portano le mercanzie. Ma in questa fiera noi non potremo comprar nulla.

L'aria è così viva che rapisce i vapori e le parole; il peso del corpo s'è racchiuso tutto sopra le palpebre che si vogliono abbassare e penano a guardare. Fra noi e le cose c'è un velo che non si può lacerare; come fra il giocattolo e il bambino che passa c'è un vetro che non si può frantumare.

*

* *

43

È finita la stagione dell'ombra, o Signore, e pare che sia finita anche la stagione dell'anima nostra: la luce ci rapisce i pensieri, come il vento rapisce i suoni. Tutte le creature si guardano ebre di quella fiamma che dentro dormiva e s'è ridesta allacciando l'una all'altra. Quanto abbiamo aspettato questa stagione che malediciamo!

Fa tu, o Signore, che la sera apparisca all'orizzonte fresca e addolorata, per dirci che ella almeno non è morta, ed ha un rametto di menta in mano per rinfrescarci la bocca; ella è la nostra sorella maggiore che sa dove siamo feriti, e là ci medica, assiduamente tornando sopra qualunque terra ci troviamo; muta, fedele e paziente come la morte».

*

* *

Sebastiano Melampo guarda quando l'acqua e quando il cielo; il desiderio di sperdersi è cosi forte che teme chi passa glie lo legga in faccia. E lentamente s'incammina verso un barlume che pende lungo il muro di fronte, come se volesse prendere con sè un ricordo di questa stagione.

LA SORELLA

Il mattino era già alto, quando fu bussato alla porta di Sebastiano Melampo ed entrò Anna, la sorella maggiore. Aveva un sorriso sulle labbra come un filo di paglia di quelli che si strappano ai carri colmi che passano, un filo che non ci appartiene, un sorriso come quelli degli ammalati che non vogliono rattristare i parenti. Gli occhi enormi, quasi azzurri disperatamente parevano lontani, come se per affacciarsi a guardare dovessero tanto penare. Le gote pallide olivastre sembravano vibrare.

Sedè vicino al letto, gli ravviò i capelli con una mano stanca, ma leggera, gli domandò:

— Come stai?

— Bene. E tu?

— Bene. Lo sai che non si può star male.

— Perchè? Che t'hanno fatto?

Tutti i rancori spenti, tutte le amarezze disciolte nell'oblìo, si riaccesero e ripresero forma in quella domanda.

La sorella sorrise, un sorriso che s'allontanava sempre più dalle sue labbra languide e pareva rifugiarsi dentro gli occhi, al di là della fronte.

*

* *

«Tu non ti sei mossa dalla soglia della casa ed hai filato tanta passione e tanto dolore: ora non sai con chi dividere la tua negra filatura; e questo fratello ti pare felice perchè gira le vie del mondo, torna e riparte, e sorride perchè il sorriso è una maschera che piace. Ma tu senti che il suo sorriso non gli appartiene. E ti vieni a confidare con lui che non può rimuovere un mattone e vorrebbe scardinare l'universo.

Perchè tante e così diverse strade portano allo stesso dolore? Dillo tu, o Signore, che qui l'hai portato. Se ciò è giusto, sarà sofferto. Ma se è ingiusto, sarà ricordato. Così vorremmo, o Signore, che tu ti ricordassi di noi quando sarà quel giorno. Che cosa dobbiamo fare perchè il peso s'alleggerisca? Comanda e sarà fatto. Ma il dolore è dentro di noi, e non lo possiamo uccidere se non uccidendo noi».

*

* *

La sorella parlava, con una voce quasi assente, che ogni tanto si velava e si accendeva: pareva di vederla come si vede il lume che porta un uomo, a sera, lungo la strada che serpenta la collina, che appare e spare, s'accende e si spegne.

— Sono stanca – diceva – e non so nemmeno di che. Credi pure che è la peggiore stanchezza. Sempre la stessa aria, sempre le stesse stanze, sempre le stesse parole, che ogni giorno se ne abolisce una; sempre gli stessi gesti che diventano sempre più brevi – se tu sapersi come avvilisce, come soffoca, e come stanca. Ci si ammala, ma non se ne muore. L'aria si fa sempre più calma di fuori, ma si è sempre in attesa del lampo. Se chiudi gli occhi non vedi che ombre luminose che si rincorrono. Allora ti perdi dietro a loro, ti smarrisci e ti allontani. Ma quanto più ti pare di esserti allontanato da te, e di essere uscito all'aria aperta, e ti pare di respirare, tanto più sei dentro te stesso, tanto più sei dentro la casa. A volte poi ti pare di essere entrato in una casa estranea, e non riesci a trovare la porta d'uscita, come una rondinella quando entra dalla finestra che non sa più uscire. Allora diventi prigioniero di te stesso, giri intorno a te stesso e non riesci a spiegarti perchè sei lì, perchè esisti, perchè non sei già morto o non mai nato. Valeva la pena di nascere per una vita così? Quando riapri gli occhi ti meravigli di vederci ancora e di vedere le stesse cose che non cambiano e ti guardano mute a tutte le ore. Quando poi si fa sera, la stanchezza del giorno ti si rovescia addosso tutta in una volta. Ti metti a sedere con le gambe disfatte, con un nodo al petto e con gli occhi asciutti che bruciano. Le cose allora cambiano colore; pare che s'allontanino, si ritirino, si riposino. Fuori suona la campana del vespro che riempie di sé tutta la casa, ma non l'appartiene più nemmeno quel suono. È come se tu fossi fuori di te stesso: ti pare di barcollare ad un vento che ti investe da tutte le parti, e vorresti gridare parole da pazzo, ma pure bisogna tacere, non far sapere nulla a nessuno, e restare mezzo assopito nell'ombra. Se tu sapessi! L'anima ti diventa un gomitolo che sfugge di mano e cade per una scala: poi viene un'altra scala, e un'altra scala: il gomitolo non si raccoglierà più. La vita vacilla, ti pare di spostarti in tutti i sensi, e invece sei fermo al tuo posto, e il sangue pesa come se non scorresse più, e gli occhi ardono tanto che soltanto le lagrime li possono rinfrescare. Poi le campane smettono di suonare, ed è come se fosse già notte: allora s'accendono i lumi, si chiudono le finestre. Il tonfo delle persiane è così forte a quell'ora che pare il tonfo delle martellate sulle casse da morto. Appena accesi i lumi, rossastri, tu li conosci, che paiono occhi che hanno pianto, ecco le ombre che cominciano a passeggiar dietro di te: ti seguono come gatti, ti si attaccano alla veste, non ti lasciano più. Quando sali le scale, le trascini e paiono leggere a vederle, ma se tu sapessi come sono pesanti: come se fossero di piombo. Sembrano l'anima tua scacciata che vuol rientrare in te. Se ti volti per guardarle, scappano e si nascondono. Intanto si fa più notte. Qualche lume comincia a friggere, balbetta e si spegne: il fuoco nel camino non arde più. È l'ora. Si va a dormire. Allora sei tutta sola, e non puoi nemmeno parlare, perchè di notte bisogna star zitti. In capo al letto c'è un crocifisso con la testa china sulla spalla, che guarda all'ingiù. All'alito della candela pare che alzi ed abbassi le palpebre: ed è tutto quanto così stanco che mi pare debba staccarsi e cadere. Dentro c'è un tarlo che lo rode e si sente il suo rosicchìo come se con un minuscolo martello battessero dei chiodi minutissimi tutta la notte. Pare che delle enormi mani nere corrano lungo i muri: ti pare di sentire il loro fruscìo. Ma appena ti fermi a guardarle, scompaiono, non tornano più. Ti vòlti dintorno. Non c'è nessuno. Ti fermi ad ascoltare con tutto il corpo – nulla. Il silenzio solo che scricchiola e ti preme da tutte le parti. Ma non è un silenzio tranquillo, un silenzio che dorme. È un silenzio che ti sovrasta, come un lampadario spento attaccato per un filo al soffitto, che può cadere da un momento all'altro. È un silenzio che vuol parlare. Sei sola, e il crocifisso sta per schiodarsi e caderti sul letto. Chiudi gli occhi, ma l'ombra si fa gialla, violetta, azzurra, di tutti i colori e si sprigiona dal fondo degli occhi come, da un'incudine battuta s'alzano le scintille. Certe volte ti tocchi un fianco con la mano ed hai un sussulto, ti pare che sia la mano di un altro. Guardi il tuo corpo disteso, l'intravedi, e ti pare di vederti nella bara. Certo che se tu parlassi la tua voce ti parrebbe quella di un altro, e ti suonerebbe agli orecchi come quella di un pazzo. Chi sa che c'è dentro di noi: c'è qualche cosa che non dorme nemmeno la notte e si lamenta sempre come un muto.

Ma il sonno non viene. Sempre ti pare di stare lì lì per addormentarti, quando ti accorgi che sei più sveglia che mai. Allora ti ricordi della tua giornata. Di ogni passo ti ricordi, come se fosse il cammino della Croce; e delle parole che hai dette, e di quelle che hai sentite, e delle canzoni che cantavano, e dei discorsi che facevano nella strada; e gli odori, come tornano acuti gli odori a quell'ora! Certe volte è come se fossi in mezzo ad un giardino, e allora credi di sognare d'essere in un giardino, e ti rallegri perchè sei riuscito a dormire, quando ti accorgi che non hai dormito affatto, e che il sonno non esiste. Le ore passano, lentamente. Si sentono battere dal campanile della chiesa come se venissero da sottoterra. Ogni rintocco sta un poco nell'aria, poi precipita rincorso dall'altro. Ma per quei brevi momenti ti fanno quasi compagnia.

Finalmente, chi lo sa come, si fa giorno. Appena si vede il vetro della finestra sbiancarsi ti pare che qualcuno faccia cenno. Una gran calma ti prende. Ma anche una grande stanchezza. Le ossa pesano come se fossero morte. E gli occhi bruciano. E così dalla mattina alla sera, e dalla sera alla mattina. Che sarà? Che sarà? Valeva la pena di nascere per fare una vita come questa?

*

* *

(«Povera sorella, perchè ho taciuto? Insegnami tu le parole che vuoi: io le so tutte ma non ne dico nessuna, tanta pena mi fa tirarle su dal fondo del petto. No, esse non sono bolle che affiorano sullo specchio dell'acqua sollevate da un soffio: esse sono attaccate alla mia sostanza e non posso liberarmene; le labbra le tirano come una calamita tira il ferro. Mi par di essere un'incudine muta e cieca, che non dà più nè rumore nè faville, per quanto sia battuta. Sono come una tomba che chiude non un morto, ma un vivo. E chi vivrà dentro di me? Oh, sorella se si potesse piangere insieme stamattina! È per questo che sei venuta? Chi lo sa! Io non so nulla; tutto mi pare un sogno. Dovunque guardo vedo lampade spente e nessuno che le riaccende. O forse esse ardono ed io non ne vedo la luce? O sorella, che tormento! E non poterlo dire! Sono sceso entro l'anima tua, come se le tue parole fossero una scala di seta gettatami da te. Povero sono entrato, più povero sono uscito. E non t'ho lasciato un fiore, nè t'ho medicato una ferita, nè t'ho detto una parola. Chi me le insegnerà le parole che tu vuoi? Io le so tutte, ma non le so pronunziare. Guardale dibattersi sulle mie labbra; guardami dentro gli occhi, sorella; chi lo sa, chi lo può sapere se io non son fatto della tua stessa sostanza....

Se ti potessi parlare ti vorrei dire quante volte ho visto i tuoi occhi, le tue labbra, e le tue guance infossate: le vie della terra che tu non hai camminate sono piene di donne come te. Sono la debolezza della terra che cammina con un fiore in mano sui sassi. O sorella, di sera le vie delle città sono piene di occhi come i tuoi, di occhi che bruciano perchè non possono piangere, di labbra che ardono perchè non possono parlare, di corpi stracchi perchè non trovano il sonno. A guardarle pare che qualcuno le abbia battute poco fa, in un vicolo scuro. È la vita che batte e flagella, sorella mia.

Il peso della vita si rovescia su qualcuno, e tutte le spalle son deboli per quel peso. Le malattie, i dolori, l'amore, anche l'amore, sorella, sono le piaghe dolenti di questa carne paziente che non si lamenta.

Quante volte, sorella, quante volte ho sentito semplicemente guardando, le parole che tu mi hai detto: quante volte le ho lette negli occhi che mi guardavano come se io già sapessi: e quante volte mi son detto «ma io sogno!» e quante mi son risposto «no, non è un sogno, è la vita!» Le parole si son tutte arse, sorella; bisognava pronunciarle alla loro stagione, ma quando, ma quando?

Ah, i tuoi capelli sono ingenui, innocenti e si affacciano sulle tempie come l'erba luisa si affaccia dal balcone dove la innaffi ogni mattina. Meglio essere un filo d'erba luisa che una donna, non è vero, sorella? Meglio – oh, che tu non possa sentire! – meglio essere un sasso della strada che un uomo, non è vero sorella?»)

47

*

* *

La sorella guardava Sebastiano Melampo con gli occhi umidi e ardenti, sottomessi e pietosi, come quelli delle bestie che hanno paura di essere battute. Certe parole basta pronunciarle perchè l'aria le trattenga come un peso vivo che può precipitare da un momento all'altro sulle spalle di chi le ha pronunciate. E poi, chi lo può dire?, ogni lamento ha un tono di peccato ed ogni parola il suono di quelle che non si sarebbero dovute dire.

La sorella girava gli occhi da quelli di Sebastiano Melampo alla terra, come per interrogare ancora, o per leggere una risposta nel silenzio. Ma Sebastiano Melampo continuava a tacere. Fu tentato di sorridere per dirle che non era nulla, che avesse avuto pazienza, ma poi pensò che il sorriso avrebbe significato chi sa che cosa: e la guardava con gli occhi fissi, ma pensando ad altro.

Tutte le immagini della vita che duole, della vita che maciulla gli uomini come il carro maciulla la ghiaia, tutte le immagini di quei poveri vecchi con le spalle rotonde che vanno rasente i muri di sera non si sa dove, scansando le carrozze con gli occhi supplici esterrefatti; tutte le immagini delle donne in capelli, solitarie, che camminano guardando intorno come per cercare il volto di qualcuno conosciuto; tutte le immagini dei bambini scalzi che giocano con l'aria triste a pie' delle case disabitate, ed ogni tanto s'arrestano senza perchè e guardano in alto – (oh, le nuvole di quelle ore, chi mai le potrà dimenticare?) –; i canti delle donne nei giorni d'agosto che pare vengano di sottoterra, lamentosi come fili di sangue che sgorgano da una ferita morticela, dove c'è il peso di tutta l'estate, il crollo del sole lungo le vie e sopra le campagne, come un macigno che schiaccia, quel canto che arriva appena alle finestre dove pare che si mostri con un volto di colomba senz'occhi; e tutta l'angoscia muta, l'angoscia che non ha la forza ed il coraggio di lamentarsi, l'angoscia che ha la terra a chi la guarda, – gli balenavano ora dinanzi agli occhi con una precisione ed una freddezza allucinante. Sì, era questa la vita. Basta guardare un poco un cuore per vedere quante piaghe lo coprono. E così tutti i cuori, e così tutti. (Ma anche gli giungevano, quasi di fianco, gli echi di quelle risa sincere e gioviali che fanno gli uomini a certe ore del giorno, soprattutto di sera, che paiono risa di pazzi: e non poteva capire, avrebbe voluto vederne gli occhi: perche gli uomini ridono, hanno la forza di ridere!)

*

* *

Si smarrì in questa visione. Dimenticò la sorella e le sue parole, l'ora e tutte le cose presenti; non vide che un gran corteo nero di uomini vestiti di nero, che andavano curvi verso un'alta montagna. E sulla montagna splendeva una stella così lontana che gli occhi la vedevano appena, ma la sentivano come se essa pensasse a loro. La marcia continuava, ininterrotta e paziente, ma gli uomini erano sempre allo stesso posto e non se ne accorgevano, e non c'era uno che domandasse all'altro: «perchè?».

Si scosse, come se gli cadesse qualche cosa dalle mani, e guardò la sorella. Ella era triste, ma rassegnata, paziente e forte. Il sole batteva sui vetri con una rosa d'oro lucente prossima ad aprirsi ed a sfogliarsi in mezzo alla stanza. Venivano dai tetti gli stridi delle rondini acuti come lampi brevi; tutta l'aria vibrava festosamente. E tanto più era pesante l'angoscia del cuore, quanto più l'aria era gaia e fiammeggiante. Pareva che la terra si disinteressasse di tutto, e che essa fosse lieta per destino, e gli uomini fossero tristi per destino.

48

*

*   *

«Perchè ? Perchè? – pensava Sebastiano Melampo. –Perchè tutte le vie della terra portano a questi deserti? Ma forse il deserto è in noi, che più lo disseti più ha sete. O cuore, vano cuore, quando ti fermerai ? Pare che il tuo passo s'allontani, che tu te ne vada a disperderti come un brivido nell'aria, e invece sei sempre più profondo nella mia carne, e tutto me stesso è un cuore che batte: tutto cuore e tutto dolore senza ragione. Non siamo più di questa terra, e forse non ci siamo mai stati. Guarda come sono lontane le cose che pure tocchiamo con le nostre mani: guarda la nostra immagine emigrare dentro gli specchi: no, essa non ci appartiene.

Povera sorella che non hai varcato la soglia della casa ed hai fatto un così lungo viaggio, che hai posato le labbra su tutte le fontane disseccate: perchè? Perchè?».

*

*   *

Ed ecco gli pare di essere un fanciullo che va tutte le domeniche con un cartoccio di cioccolato sotto il braccio a bussare ad una porta lontana, dove non arriva il suono delle fanfare, dove ci sono i tigli, ed un cipresso alto sopra una montagnola di terra rossa. Uno scalpiccìo dietro la porta pesante, un lamento rauco dei cardini secchi, e tutto, tutto, tutto come una volta.

Basta scoperchiare un piccolo cuore per vedere come son grandi le piaghe che lo ricoprono!

*

*   *

La sorella s'alza, gli ravvia i capelli, mostra un sorriso leggero, come una ruga sull'acqua, si volta, s'allontana col suo passo silenzioso e paziente.

49

LA PASSEGGIATA

Sebbene Sebastiano Melampo fosse inerme come una foglia, tuttavia si sentiva capace del male. Gli pareva qualche volta che la terra camminasse da sè sotto i piedi e che l'aria fosse piena di bocche stravolte. Gli pareva di essere un'arma incustodita, che può nuocere. Quante volte aveva dovuto ritrarsi dalle immense vetrine che chiudono con un vetro sottile come l'aria i merletti pendenti, le vesti oscenamente distese, le calze gualcite come la pelle dei malati moribondi! Quante volte aveva dovuto ritrarsi, tuttavia guardando, calamitato dal freddo splendore dei vetri e delle lampade che fanno una luce acquatica che taglierebbe le mani a toccarla! Si sentiva, allora, una forza che cresceva, cresceva, come un desiderio che diventa bisogno, una forza che lo spingeva a fracassar vetri e luci, senza ragione. Bastava che per poco prendesse gusto al gioco, e che per poco al primo avvertimento fingesse di non aver inteso, perchè le tempie gli cominciassero a battere a martello, e le mani cominciassero a muoversi con la fodera delle tasche strette nei pugni per tenerle legate. Aveva appena il tempo di allontanarsi con una stratta brusca. Un altro momento e una forza invisibile gli avrebbe dato un'ultima spinta sulle spalle e l'avrebbe precipitato sulla vetrina. Andandosene, un poco di freddo lo prendeva, e non era sicuro che i merletti, i tulli, le pezze di batista, le calze terribili nella loro nudità, non si fossero messe a sbattere, come uccelli nel nido che sentono ventare a distanza le ali dei falchi che s'allontanano.

Camminando gli piaceva andare sull'orlo del marciapiede, sul filo del pericolo. Il frullìo delle ruote delle automobili gli pareva che fosse l'alito affrettato della morte, ed una sensazione di piacere violento lo inebriava, quando aveva per miracolo scansato il pericolo. Ma nelle pozze d'acqua piovana si specchiava come per rinfrescarsi il viso.

Scansava la gente nelle vie come nemici, parendogli che dovessero riconoscerlo: come se la strada fosse piena di giocolieri, de' cui giochi lui solo conosceva il segreto. Certo abbassava gli occhi dinanzi a qualsiasi uomo, soprattutto dinanzi ai mendicanti, che hanno lo sguardo duro per lungo cercare invano.

Qualche volta sentiva una certa rassomiglianza interiore con qualche passante. Allora lo seguiva con gli occhi, senza perderlo di vista un minuto. Lo sorpassava per guardarlo dentro le pupille, magari gli sorrideva: studiava i suoi movimenti uno per uno, per capire chi mai fosse colui che un poco gli somigliava. In genere eran uomini che andavano curvi con gli occhi bassi. Si sentiva attirato da loro come da tanti fratelli sconosciuti. Sarebbe stato capace di qualunque sacrifizio pur di poter giovare a loro.

Fantasticando s'immaginava di poterli un giorno riunire tutti insieme; gente che si intende con un batter d'occhio, che ha fatto le stesse strade, visto le stesse cose, taciuto le stesse parole. Di fantasia in fantasia arrivava a dar loro persino dei nomi, delle professioni. Alcuni, a forza di vederli, gli erano ormai divenuti famigliari come e più di amici: di altri, se per qualche tempo non si mostravano, immaginava malattie o viaggi. Tutta una famiglia di sconosciuti che passava per la strada ignorandosi, era a lui nota; come uno specchio egli li rifletteva tutti, ma con amore; egli era il centro di quel ventaglio di vite e di destini.

Quante volte, nei bars affollati, la vista di un viso, di una nuca, gli aveva rivoltato il cuore! Quante volte aveva cercato di parlare, di farsi conoscere da certi uomini stanchi – questi incontri avvenivano soprattutto di sera –, e non potendo far altro, aveva magari loro pestato un piede, per avere il piacere di chiedere scusa, nella speranza di attaccar discorso, di uscir fuori insieme! Certi occhi supplichevoli, certe spalle cadenti, certi cappelli di forma disusata, con le gore grigie sulla tesa, gli avevano raccontato storie ineffabili di vita nascosta. Leggeva nelle loro carni tutti gli strazi della vita, come in un libro aperto. Quanto male gli facevano questi incontri; ma anche quanto bene! Dopo di averli guardati a lungo, come un innamorato certo non guarda la sua bella, sebbene si sentisse più triste, si sentiva anche più forte. Gli pareva che fossero in molti ad essere stretti dalle morse della vita, e che se così era, così era giusto. Cercava con voluttà queste visioni; immaginava scene di famiglia, terribili e sublimi; avrebbe dato fino all'ultimo soldo per conoscere la vita vivente di certi vecchietti che avevano le guance rosee e gli occhi scintillanti, ma il vestito morto, cadente, come un ombrello, sostenuto dalla sola volontà di chi lo indossava. Con uno sguardo solo entrava nell'anima loro; l'esplorava tutt'intera; ne scorgeva le piaghe, i roghi, le rose, le fiamme e le arsure. Sentiva che se si fossero incamminati insieme, alla prima parola si sarebbero intesi: gli pareva già di veder la faccia spaventata di quello, al sapersi conosciuto da uno sconosciuto.

Su questi ignoti che i tranvai, i bars, i caffè e le trattorie popolari offrivano al suo cuore, si riversava la sua amicizia che altrove non trovava sfogo. Sebbene gli fossero estranei come piante con le quali non si parlerà mai, tuttavia sentiva che il giorno in cui egli avesse fatto appello alla loro bontà, essi non avrebbero tradito uno dei loro. Quando si sentiva troppo solo, quando la solitudine cominciava a pesargli come un manco d'aria, usciva e sapeva già dove trovare questi inconsapevoli benefattori.

Gli bastava montare sul primo tranvai di passaggio. In piedi sulla piattaforma egli si sentiva come in compagnia di amici. Soprattutto alle tre del pomeriggio. A quell'ora non si sentono che discorsi umili. Impiegati e operai che vanno all'ufficio ed all'officina. Ne sentiva i discorsi con la stessa voluttà con cui si respira l'aria natale.

Di solito erano loquaci i vecchi, i quali parlano ad alta voce delle lor cose intime.

I giovani al contrario o tacciono, o parlano di cose «neutri», che interessano poco loro e gli altri. I vecchi soli hanno il candore di dire tutto quello che si può dire, senza rifletterci: considerano la vecchiaia come uno scudo, e quasi pensano che gli affari di un vecchio non debbono interessare che come il cicaleccio di un bambino. E sebbene la piattaforma di un tranvai sia l'aggregato umano più contingente, casuale, ed irreale che si possa immaginare, pure un'aria «a sè», un'aria che è quella e nessun'altra si forma in quella mezz'ora di convivenza. Il fatto stesso che ci fosse uno solo a parlare di una data cosa, forzava gli altri insensibilmente a pensare a cose affini. E a poco a poco ognuno aveva gli occhi occupati da un pensiero: lo stesso sguardo, la stessa espressione della bocca.

Di solito alle tre del pomeriggio, nei tranvai, si parla di affari. Ma di affari onesti, e di lavoro. Gente che pensa a farsi una casa, se è giovine, e vecchi che parlano della loro casa già fatta. Sotto il sole che a quell'ora, sia d'estate sia d'inverno, è in uno splendore dolcemente umano, tutti i volti sono rosei e quasi contenti. Si parla con calma, e spesso avviene che qualcuno, non chiamato, intervenga nella conversazione, bene accetto. È un'ora che riunisce, come quelle della sera.

Di notte, invece i discorsi son pure di un tipo unico, ma l'opposto di quelli del pomeriggio. O sono operai ubriachi di vino, che ne lodano la buona qualità, o signori ubriachi delle luci e delle visioni dei teatri, dei caffèconcerto e dei cinematografi. E non s'odono che commenti sguaiati, risa rauche come la cipria, e parole vane. Ora stanca, labile e cadente.

*

* *

Perciò Sebastiano Melampo quando saliva sul primo tranvai pomeridiano che gli si offriva, era a posto. Nessuno dei suoi vicini supponeva qual sorta di passeggero lui fosse; nessuno supponeva che egli li ascoltava con orecchie più rapaci di quelle di una madre che ascolta il lamento del figlio. Lo consideravano uno simile a loro, ed assente, dall'aria che aveva; ma dei fili che essi inavvertitamente svolgevano parlando, egli solo conosceva la trama e vedeva il disegno.

Di tutte le parole che pronunziavano, egli solo conosceva l'origine. Il trasognamento dell'ora di cui tutti sentivano l'influsso che rendeva vaghe le parole, solo da lui avrebbe potuto essere spiegato. Ma chi mai si sarebbe rivolto a lui? A vederlo così distratto, tutti credevano che fosse assente: ed invece era l'unico presente.

*

* *

Ma nelle trattorie popolari l'intimità è ancora più profonda e cocente. Sebastiano Melampo vi si recava con la stessa ansia con cui i suoi coetanei si recavano, forse, ad un appuntamento d'amore.

L'aria sinistra entra dalle finestre coi vetri opachi a metà; le lampade spente nel mezzo, pendenti come arnesi sudici, chiudono un raggio di sole che brilla come una ragnatela d'oro; i tavoli allineati come nei refettori degli ospizi; le seggiole che non stanno in piedi, ma di cui nessuno si lagna; le gore d'unto e di vino sulla tovaglia, circolari; i grossi bicchieri di vetro pesante, con bolle e slabbrature; i litri e i mezzi litri panciuti come idoli popolari decapitati; e il padrone che guarda dal banco laggiù in fondo, con un tovagliolo sudicio sulla spalla ed un berretto marrone in testa.

Sulle mensole i fiaschi neri allineati luccicano e al passar della luce pare che ammicchino; e dalla cucina che s'apre ogni tanto quando il ragazzo porta i piatti, vengono vampate di caldo e di grasso. Il meglio è nell'aria e nel pane.

Entrano gli impiegati lindi, con le scarpe lucide e la calvizie che imbianca loro le tempie; con aria dimessa vanno a sedersi nel posto più nascosto, a destra, sotto il vano della finestra. Il padrone li conosce per nome, e chiama tutti cavalieri. Di questo titolo essi ridono fra loro, che non tutti lo sono: ma non gli dicono nulla.

Vengono certi vecchi con i capelli bianchi e gli occhiali che paiono opachi tanto son polverosi, e siedono nel primo posto che capita, ma non mai vicino alla porta, che c'à un riscontro d'aria. (Avere i capelli bianchi e mangiare in una trattoria – ancora? – è questo il risultato di tutta una vita?)

Con che lentezza mangiano: non possono masticare; e il padrone non offre nemmeno loro certe portate, perchè son dure. Guardano all'intorno con un'aria stupefatta che sta sul loro volto come una maschera appena messa, e bevono a grandi sorsate come bambini, il vino rosso del mezzolitro. Ma hanno sempre il volto intento ad altro.

*

* *

Sebastiano Melampo sebbene sia diverso da tutti, è forse il viso più comune fra quanti ce ne sono all'ingiro. Egli ama nascondersi, ecclissarsi, non essere nè visto nè sospettato, per poter a suo agio guardare più addentro gli altri.

«Questa povera gente che qui viene a mangiare – egli pensa — non ha una famiglia, ed ha freddo. Essi sono nati per le tranquille gioie del focolare, e la trattoria economica per essi è già quasi convertita in una varia ma raccolta famiglia. Parlano tra di loro, si conoscono, si raccontano la loro vita presente: ma hanno l'aria di viaggiatori che siedono in uno stesso vagone, però diretti a diverse città. I vecchi son anche qui quelli che più parlano. Ma non aprono bocca che quando l'argomento del discorso li tocca profondamente: pare che parlino per non pensare; e quando tacciono abbassano gli occhi, con uno stacco netto, come per dire: «non c'è restato nulla!»

D'inverno son più lieti che l'estate. Qui c'è un po' di caldo, mentre fuori si gela, e si è riparati e nascosti; i vetri della porta sono soppannati con una tenda, le finestre son chiuse, e nessuno che passa può spiare.

Ma l'estate è una stagione crudele che mette tutto all'aria. Allora spalancano la porta e chi passa si può fermare a guardare: si ha l'impressione di mangiare in mezzo alla strada: ahimè! si mangia tanto poco, ed in un locale come questo! Che freddo allora, che freddo davvero nell'anima, quando tutto si apre, tutto si mostra; quando la natura disseppellisce tutti i suoi fiori e le sue erbe che odorano così forte e le porte aperte lasciano entrare l'aria della strada polverosa e venata di profumi più caldi del sole. Bisogna smettere il soprabito, e mostrare il vestito liso, con i gomiti sbiaditi, con i bottoni ciondoloni! Ah, l'estate è una stagione per i signori che possono andare ben vestiti, col cappello sotto al braccio.

Non è questo che pensano quei vecchietti seduti di faccia, laggiù in fondo? Uno ha la fisonomia dell'impiegato che ha fatto sempre l'impiegato, e per nulla al mondo cambierebbe vita; è tutto grigio in testa; lindo, ma fragile. L'altro è più volgare. La sua faccia è rossa carnosa, e la testa a metà calva. Ogni tanto guardano con uno sguardo d'odio e di paura alla porta, come se dovesse entrare qualcuno; come i cani che rosicano l'osso.

Essi usavano, nei mesi d'inverno, portarsi qualcosa da mangiare; qualcosa che costa meno a comprarla sui carrettini: due mele, un'arancia, un etto di fichi secchi – (comprati trattenendo il fiato, guardando a terra, incartati e messi in tasca, giù, come un furto) –; che scartocciavano lentamente in fin di pasto; come se si concedessero un piacere quasi vizioso. E magari ci bevevano un altro bicchiere di vino.

Ora, ora è l'estate: e non si può andare in giro di sera, quando ci si vede come di giorno, con un cartoccio sotto il braccio. Bisogna rinunziare a questo povero piacere. Guardano di fuori, silenziosamente, con gli occhi alzati a metà, pronti a riabbassarli se passa qualcuno da cui non voglion esser visti; con gli occhi dei cani quando attendono, e vogliono evitarla, una frustata.

L'aria è calda; la tenda arrotolata ad un lato della porta pende senza un brivido; una chiazza di sole bianco si stende in mezzo alla via, abbagliante. La soglia in quel bagliore pare vibrare. Tutta la trattoria, pare un'isola donde si vedono passare i rumori come cani che affacciano appena il muso e, spaventati dal silenzio, scappano scantonando.

C'è uno stupore colpevole nell'aria, come se nessuno volesse parlare per primo. Ma nessuno ha voglia di discorrere. Il gatto che fino a ieri andava di tavolo in tavolo, oggi s'è accoccolato in un angolo e pare che dorma.

Dove hanno le loro radici questi poveri resti umani? Sono logori e supplichevoli, ma non trovano pietà. Sono tristi e rotondi come gli oggetti troppo usati, e così chiusi entro di sè che hanno quasi perduto l'abitudine di discorrere. Parlano a scatti, come se sussultassero. Hanno o l'aria di attendere ancora, chissà che cosa; qualche cosa; e guardano verso la porta, abbagliati dalla chiazza bianca di sole che invade la strada, allucinati dalla prima riga d'ombra che comincia a disegnarsi a piè del muro, che pare un panno steso sull'ardore del selciato perchè non scotti tanto.

*

* *

A sera, l'ombra risale lungo il muro come se si divincolasse dalla terra; e nessuno vuole essere il primo ad entrare nella trattoria. Tacere, sì, ma tacere insieme.

C'è come un rombo nell'aria, che è quasi il riverbero delle voci, dei discorsi, dei festosi rumori che si alzano dall'altra parte della città, nella città di lusso, dove una folla variopinta di leggerissime donne e di sottilissimi uomini, assiste al tramonto, sventagliandosi sotto il mento, dicendo parole più leggere dell'aria, e profumate come le loro bocche.

Tuttociò è lontano come un sogno da questo posto tranquillo dove la sera è annunciata dal colore della soglia che si cancella come se qualcuno vi si fosse disteso, qualcuno che non si vede.

I due vecchi hanno ancora il vino intatto nella bottiglia. Non hanno sete. Girano paurosamente il collo verso la porta, e poi abbassano gli occhi. Par loro di sentire un turbamento, uno scuotimento leggero che offusca la vista.

*

* *

— Da due, tre giorni non sto bene —.

Dice uno rivolto all'altro.

— È il tempo; questo caldo così improvviso.... —.

— Già, il caldo; mi annebbia la vista —.

— Anche a me; e poi non s'ha voglia di far nulla, nemmeno di parlare —.

— Soprattutto i primi giorni. Poi ci si abitua —.

— Già, e quando viene l'inverno ci dispiace che non sia più l'estate e tempo bello —.

— Non siamo mai contenti: è la vecchiaia.... —.

— La vecchiaia, già.... —.

*

* *

Pare ad un tratto che l'aria si raffreschi come se si sollevasse più liberamente da terra. Ma nessuno ci crede. Ormai sono rimasti loro due soli laggiù a guardare indolentemente la porta e la strada.

Improvvisamente dal portone dirimpetto guizza il riverbero giallo di una lampada, come un cencio caduto da un balcone.

Allora quello calvo si volta, e tracanna il bicchiere colmo.

54

S'asciuga le labbra con dispetto, s'alza ed esce, salutando appena con un cenno. Si ferma in mezzo alla strada cenericcia, dove oggi c'era una chiazza bianca di sole, guardando in su e in giù. S'abbottona un bottone della giubba, e curvando la testa si osserva le scarpe, smuovendo il primo passo lento come se volesse fare una lunghissima passeggiata o venisse da tanto lontano. Scompare nell'ombra tranquillamente come se varcasse una soglia.

L'altro ripiega accuratamente il suo tovagliolo, l'infila nell'anello e guarda se c'è qualcuno: nessuno; nemmeno il padrone, e nemmeno il ragazzo che accompagna con un «buona sera!» tutti i clienti fino alla porta. La sala è deserta. E nella mezz'ombra ha un colore molle, umidiccio, quasi freddo. Ma invece fa caldo. Caccia di tasca il giornale, lo spiega tutto, percorre vertiginosamente tutte le pagine, come se cercasse una notizia che non c'è, lo richiude, lo riapre, lo ripercorre vertiginosamente, lo richiude e se lo ricaccia in tasca. «Non è possibile leggere; – pensa – e poi non ci si vede, e non è notte». S'alza, stacca il cappello dall'aguto, e battendoselo sulla coscia sinistra, esce a testa alta. Ma appena fuori si scontra con la figlia del padrone che entra nella trattoria, con un ramo di biancospino in mano. (Si sa che è studentessa, ma nessuno ci ha mai badato. Passa frammezzo ai tavoli, qualche volta, sempre quando si sta per andar via. Ma nessuno le parla; la si saluta. Chi oserebbe attaccar discorso? Ella è bella, ed ha l'innocenza della bellezza: non vede gli uomini ai tavoli che mangiano, stancamente curvi: ma tutti credono che ella sappia che essi sono stanchi, curvi e poveri).

— Buona sera, buona.... — borbotta confuso, così confuso che quasi si mette il cappello in testa, tanto per adoperarlo. Infatti se lo mette e se lo calca: gli pare d'essere più tranquillo.

— Buona sera, cavaliere! — esclama ella con una voce che è già un viso chiaro e innocente.

E continua a camminare col suo ramo di biancospino in alto, che pare una fiamma tiepida nell'aria.

Ma il cavaliere, con le mani che non sa dove metterle, e con una parola sulle labbra che vuole e non sa pronunziare, una parola sconosciuta, si volta con la testa e la guarda.

Ella resta sorpresa; lo guarda, poi ridendo esclama:

— Va a fare una passeggiata, cavaliere?... —.

Il suo volto chiaro splende nella mezz'ombra; non si vede che quel chiarore, e il biancospino che ondeggia sulla sua spalla come un'ala.

— Una passeggiata, già, sì, una passeggiata —. Risponde il cavaliere che ha afferrato quella parola e non se la vuol lasciar sfuggire.

— Buona passeggiata, cavaliere! — grida ella, che è già in mezzo alla stanza, e si inoltra sicura verso la cucina.

Il vecchio è rimasto a metà voltato, con le mani che non sa dove metterle, e quasi gli sudano.

Si tocca il cappello, se lo rincalca fin sulla nuca, rientra tutto in sè come un oggetto nella sua custodia, riprende di colpo l'attitudine dell'arnese troppo usato che non ha più spigoli – simile ai tavoli della trattoria, che son come quelli del suo ufficio, con le prode sbocconcellate –, e con un passo indeciso, ma fatalmente sicuro, scompare nell'ombra come un gatto nella gattaiola.

*

* *

55

Nel centro della città la luce del giorno s'attarda ancora, scendendo leggera: pare che la sera abbia il nido in mezzo al cielo, donde parte ogni tanto un'ombra che cade in terra come un'ala che si chiude. Sui tetti più alti, c'è un lume rosa posato, confuso e dolce, come gli occhi dei bambini appena desti dal sonno. Teneramente riposa sulle gronde, sulle prode dei tetti, sulle tegole rosse pendenti, e par che sonnecchi. La luce grande del giorno sepolta pare che lasci quella testimonianza, come un ricordo dell'oggi ed una promessa pel domani. A poco a poco anche quel lume scompare; gli occhi s'abbassano, e ci si accorge che la terra s'è fatta nera.

IL POVERO PIÙ POVERO

Sebastiano Melampo cammina: guardatelo come va in mezzo alla gente. Si direbbe sceso or ora da un transatlantico, con nelle gambe ancora il beccheggio e negli orecchi il rullìo della nave. Si scansa, s'accosta, si ritira come se ogni uomo lo conoscesse, e di ognuno temesse. Mentre tutti vanno leggeri e contenti, si direbbe quasi portati dalla strada facile e solatìa, egli cammina come se scavasse la strada, come se evitasse massi, saltasse ruscelli, salisse scalini, affondasse la piccozza nelle commettiture della roccia. A volte s'abbassa verso terra come per cogliere un fiore; a volte resta con gli occhi in aria come se passasse un profumo dolce come una fiamma che non brucia; a volte abbandona le mani ad un gesto come se al di sopra del suo capo si curvasse un pergolato coi tralci carichi d'uva. Ma al disotto non c'è che terra ardente, e al di sopra un cielo lontano come la distanza stessa, percorso da nuvole randagie e lente come barche senza remi. (Dov'è la nuvola di agosto con l'ombra sulle stoppie, come una vacca sdraiata sul fianco, che lentamente risale la costa, la travarca e scompare?Dov'è la nuvola d'oro che arde nel mezzo del cielo, leggera come l'aria, dolce come la bocca d'una divina faccia di cui non si vede che l'alito? Dove sono, dove sono? Ora non ci sono che nuvole tetre, che disperatamente s'abbassano verso l'orizzonte, come vacche assetate che scendono dal monte verso la fonte che croscia nella valle).

*

* *

Non pare che Sebastiano Melampo abbia voglia di parlare? Eppure le sue labbra sono mute da tanto tempo.

Ascoltiamo i suoi pensieri: «Gli abissi che sento ai miei piedi nessuno li sente e li vede. Il silenzio con la sua bocca aperta che attende una parola s'alza agli incroci di queste strade secche come il legno della croce, e pare che fiammelle in forma di lingua s'abbassino verso di me per lambirmi. Ma io cammino fra questa gente come lo straniero che non conosce la lingua. Mi salutano, mi parlano, mi conoscono e riconoscono: e nessuno s'accorge che le mie mani son fatte come se dovessero soltanto ferire e medicare, medicare e ferire e null'altro. È dunque possibile che io sia tanto simile agli altri?

Perchè intorno a me si fanno improvvise zone di silenzio, come se un cerchio si aprisse di cui io sono il centro, come se tutti stessero a guardarmi e ad ascoltarmi? Intorno a me non c'era nulla, nè prima nè poi; ma è come se fosse crollata un'invisibile architettura, una torre solenne accanto a cui tutti passiamo senza scorgerla. Che cosa accade in quest'aria che pare docile e umana, o Signore? Sono tuoi segni questi, ma le mie orecchie non sono capaci di intenderli, nè i miei occhi di scorgerli. So solo che essi esistono, e che mi circolano intorno come l'acqua nel gorgo che sommerge l'annegato. A volte un brusìo senza forma, un che di impercettibile che rotola da una frattura sottile dell'aria, viene a posarsi sulla mia spalla, come quando una foglia di gelso lungo il fiume si stacca dal ramo, simile a un bacio che non riesce a raggiungerti, e si spegne nell'acqua. È come se camminassi con un invisibile compagno a fianco, di cui non sento che l'alito, e qualche volta il passo, quando s'allontana.

Allora improvvisi cicloni, arsi come il simun, si scatenano nel mio petto, e l'anima mia è in tempesta come un oceano furioso. Sento i marosi frangersi, vedo le spume nascere e sfiorire come fiori di luce, e vorrei attuffarmi nel gorgo, annegare in me stesso come una foglia nell'abisso, che sarà polvere prima che tocchi il fondo. Ma tra me e la tempesta che possiedo c'è come un velo, uno spazio d'aria estatica e fredda; son come una lampada che vuol raggiungere gli oggetti tócchi dalla sua luce. Ho

57

paura che qualcuno passandomi accanto senta il fragore, ma nessuno mi guarda con occhi spaventati. Tutti sono tranquilli, e camminano senza guardare nemmeno la terra, tanto son sicuri che la terra c'è sotto i loro piedi.

In ogni specchio che li riflette vedono il loro volto qual'è, mentre io sono ancora in cerca di quello specchio nel quale mi possa riconoscere.

*

* *

Ma una volta anch'io, Signore, mi sono specchiato in uno specchio ove trasfigurato mi riconobbi. Perchè io una volta, Signore, ho visto un'immagine di te, simile a quella che m'ero figurata quando ti sentivo alitare, passare, sfiorarmi senza vederti. Eri fermo all'angolo, sotto la luce del fanale che ti cingeva come un'aureola, e cercavi l'elemosina con la mano stesa. Quando m'hai visto passare, hai mutato il tono della voce, come se la tua domanda mi venisse presentata sopra un piatto d'argento. Ed io non t'ho dato l'elemosina, ed ho affrettato il passo con tutto il corpo intento per sentire se mi maledivi. Ma tu non m'hai maledetto, Signore, la mia povertà è così profonda che nessuna ricchezza può mutarla. Nemmeno l'elemosina a te che chiami all'angolo della strada: perchè io sono te, ed il mio posto è quello dove tu sei. Mi sono guardato nei tuoi occhi bruni come la sera e lucenti come l'acqua: ho raccolto il mio sguardo dai tuoi occhi, o Signore, perchè sono io che debbo chiedere l'elemosina al tuo posto, con la mano tesa in modo che sfiori chi passa e ne senta il peso per tutta la strada, con gli occhi chiusi perchè non sappiano se son cieco o non cieco, se vedo o non vedo. T'ho sfiorato come l'esiliato sfiora di sera la casa che fu sua. E mi pareva che da te una luce mi venisse come se io fossi il mio corpo e tu l'anima mia.

Ed anche per un'altra ragione non t'ho fatto l'elemosina, Signore. Perchè, o Signore, nessuno ti vede, nessuno ti dà nulla, ed io ho paura di fermarmi dinanzi a te, come per far vedere agli altri che tu ci sei, come per schiaffeggiarli tutti in una volta. Sarebbe come se mi mettessi ad urlare il nome di ciascuno di quelli che passano: e tutti mi verrebbero contro: ed io non potrei fuggire, perchè non so le strade della terra. Ma tu quando mi vedi passare, cambi voce, – ma tu mi riconosci.

*

* *

Date, voi che passate, un angolo oscuro al più povero, un palmo di terra dove possa poggiare i piedi in pace. Dategli questa sola elemosina, questa grande ricchezza.

*

* *

Sebastiano Melampo seguita la strada.

Il sole batte in pieno sulla terra. Arriva non si sa di dove, un canto di donna, bianco come una fiamma, come se s'alzasse da una tomba. In qualche parte suona un organino; non arriva la musica, ma quasi il suo profumo, inconsistente, a brevi onde che lambono la terra. L'ora è desolata e feroce. Ma basta un colpo di martello battuto sull'incudine, l'ombra di un cane che correndo svicola, a farla dolce. E la strada pare che s'abbassi scendendo, fino a toccare quel canto di gallo che brucia in fondo ad essa come un lucignolo rosso assetato da un vecchio a cui la fiamma mette come una maschera di sangue

58

sulla faccia. Tutta la città pare che stia ascoltando, sotto terra, queste voci senza volti; come nelle cantine le donne ascoltano il dilungarsi del trotto dei cavalli dell'invasore.

È luglio. Il sole è così forte che l'aria pare piena di formiche che s'attaccano e strisciano sulla pelle. Il cielo è sbiancato ed estatico come una donna che sta per svenire. Il sonno è svanito come un'essenza svapora.

La calura succhia la terra per sradicare gli uomini come ombre.

Sebastiano Melampo guarda disperatamente il cielo che non ha più confine; e gli pare che qualche cosa accada lontana da lui; un peso di sciagura, di raccapriccio lo coglie sulla carne con la forza d'una mano; e invidia il cavallo sfiancato che a testa bassa, con la bava colante dalla bocca, trascina a strattoni un carro carico di paglia gialla come una luce densa.

Il gallo in fondo alla via alza il suo breve richiamo divorato dalla vampa immobile, come un lume spento dalla bocca d'una caverna.

Gli occhi gli dolgono e l'anima gli pesa, come se d'un colpo la terra lo abbandonasse a se stesso, senza più sostegni, simile a una stella divelta dalla sua sicura strada.

Era una sera lunga e carnale come una carezza profonda del cielo sulla terra, e tutte le cose avevano un colore ambiguo d'ecclissi, come se fossero posate sopra un livido specchio d'acqua, quando Sebastiano Melampo fu preso alla gola da una sete forte come un artiglio, e girò gli occhi intorno in cerca di un bicchier d'acqua.

Gli pareva che a poco a poco tutte le fonti si sarebbero seccate, che lo specchio d'acqua che sosteneva tutte le cose si sarebbe aperto ingoiandole, e che egli solo forse sarebbe rimasto nel deserto. Come se una pestilenza fosse nell'aria, simile ad uno stormo di cavallette, gli pareva che nessuno si sarebbe salvato, fuor che lui; e già si sentiva solo per sempre, e già aveva freddo, e una grande compassione gli stringeva il cuore nel veder uomini e donne lietamente camminare, strette le mani, incrociate le braccia, gli occhi perduti negli occhi.

*

* *

La terra aveva un sapore d'infanzia, con giochi innocenti: il desiderio dell'uno per l'altro era fanciullo come una fiammella che scalda soltanto e non brucia; ma il cielo era miticamente lontano, come se si allontanasse dalla terra e cominciasse a vivere una sua vita inconcepibile che avrebbe estinto tutte le altre vite.

L'aria giallognola e perplessa s'era fermata al disopra delle strade come uno sguardo bieco di storpio; l'immobilità delle cose era piena di presentimenti; e pareva di sentire lo scricchiolìo dei vermi divoratori nelle commessure delle costruzioni che parevano eterne.

Sebastiano Melampo aveva sete, ma d'intorno a lui le strade parevano tutte richiudersi come imbuti. Tutti erano tranquilli, e tutti entravano nell'aria come se quella fosse stata sempre l'aria loro, con una sicurezza innocente che li salvava da ogni dubbio.

Tra tetto e tetto, in alto, una strada di cielo arginata da nuvole scure, che si allontanava sempre più, come rapita.

In piazza, pochi uomini fermi parlavano sottovoce; altri giocavano saltando fra linee di gesso tracciate per terra; ed altri lentamente trascinavano carretti vuoti, come se pesassero tanto.

Parevano figure spettrali che avessero preso corpo nel delirio dell'insonnia di un ammalato. Poche parole si udivano, che avevano l'indecisione e lo sbigottimento delle prime foglie che mettono fuori le ali sul ramo di un pesco d'aprile, quando l'aria ne trasalisce tutta e trascolora. Pareva che ciascuno ascoltasse la propria voce, come se non avesse mai parlato, e come se nell'aria se ne dovesse vedere il suono. Ma l'aria era vuota, dimezzata, come se enormi statue chiare fossero state abbattute; la forma stessa dell'aria che in qualche posto sembrava lo sguardo esterrefatto d'un vecchio paralitico, in altri posti pareva un gorgo rimasto fermo, pietrificato dallo spavento; come una scure gialla sospesa sulla testa di ogni uomo.

Pareva che la città fosse emersa allora allora dalle acque di un oceano svaporato, e le mura avevano il colore della corrosione; e il rossigno della ruggine e il giallo della putrefazione si mescolavano a piè delle case come la miccia s'intreccia alla mina. C'era l'atmosfera di un'esplosione sospesa. Come se tutti i fiori fossero sbocciati a un tratto con uno scoppio di cui non s'era sentito il rombo.

La fermezza dell'universo abbagliava; pareva di guardare un gigante che dorme in piedi e che può rovesciarsi.

Ma a poco a poco, lentamente, come se la città si spostasse sui brividi delle acque, il cielo mutò colore, le cose ricominciarono a respirare, e l'aria si addolcì come un occhio che si chiude. Parve che qualche cosa scendesse nell'ombra. Immantinente la notte profonda come un sospiro d'amore accostò a sè la città come una donna accosta al seno l'amante; e pareva che tutti si dissetassero di sonno a quelle mammelle vaste e profonde; e tutte le cose curvate in avanti riposavano su quell'origliere, come la terra a piè dei monti.

Non più lo sguardo bieco dell'aria, nè il gorgo sospeso sulle piazze; l'aria era liscia ed azzurra, fluida e felice: pareva fatta di sguardi d'amore, d'occhi socchiusi sotto i baci; come se una sola carezza avesse toccate tutte le cose, legandole e appacificandole, mescolandole e riposandole. Il vento che si mosse come un sospiro che cade parve il respiro di chi si stende per terra a dormire, e tutto fu pregno di calma, d'amore, di dimenticanza; come se nel sonno imminente si sciogliessero gli anni, e le cose pesanti della terra diventassero leggere come sogni. Le ombre, come spiriti aerei, corsero da una via all'altra sussurrando parole fatte d'alito.

Soltanto Sebastiano Melampo aveva ancora sete.

Gli uomini delle strade erano tutti scomparsi, ciascuno aveva trovato il suo simile; la solitudine era restata sola, lungo le vie e in mezzo alle piazze, come un falco caduto con le ali tagliate; solo qualche vecchina errava ancora, delicata e leggera come un merletto caduto dalla gonna della vita imperiale.

E Sebastiano Melampo sentì la sete alla gola inasprirsi, diventare acuta, come un fascio di sarmenti secchi che sta per accendersi.

Guardò innanzi a sè e vide di lontano, unica cosa brillante, una fascia di luce color sangue adagiata per terra, come un tappeto di quelli che portano scritto «Salve». S'affrettò verso la luce, e vide che veniva da una lampada alzata sulla porta di una bottega che aveva i vetri opachi. Non c'era insegna. A terra la fascia rossa scintillava tanto che parevano frantumi di rubino, che avrebbero dovuto risuonare a calpestarli.

Invece non risuonarono, e Sebastiano Melampo entrò, con una risolutezza che lo meravigliò. Guardando sempre dinanzi a sè senza volgersi mai a lato, andò difilato verso il banco.

— Un bicchier d'acqua, per favore.... — disse senza sapere se c'era qualcuno dietro il banco, e abbassò gli occhi.

Una voce di cannella gli rispose:

— Vi sentite male giovanotto? —

Sentirsi male, perchè? – Alzò gli occhi.

Dietro al banco, seduto e con la testa curva in avanti per sentire, c'era un uomo calvo, con la pelle della faccia color verde. Perchè ai lati del banco c'erano due enormi boccie di cristallo colme di un'acqua l'una verde l'altra rossa. L'uomo aveva un camice bianco e con la mano destra si toccava l'orecchio come fanno i sordi, quasi per riconoscere al tatto le parole. Sebastiano Melampo si sentì immediatamente prigioniero di quella tremolante luce, mezza verde e mezza rossa su cui poggiava i piedi: gli pareva anzi che i piedi gli si fossero attaccati all'impiantito. Girò fulmineamente gli occhi intorno e non vide che scaffali, di legno scuro e di vetri lucenti, ma così arsi che gli parve non ci potesse esser posto per un bicchier d'acqua là dentro. A un tratto, come se un tarlo avesse ripreso a divorare un armadio, sentì tossicchiare alla sua destra. Si volse: c'era una vecchia seduta contro uno scaffale, così ferma che pareva un mobile anch'essa. Stringeva, sul ventre, una bottiglia verde, con un'etichetta gialla e ingiallita.

Non c'era dubbio, era una farmacia.

Immediatamente, con la prestezza del lampo, gli si profilarono dinanzi agli occhi tutte le scene che aveva visto nelle farmacie: feriti che si aprivano la giacca sanguinante, sorretti da due sconosciuti, col fiato grosso tremante; signore con cappelli neri che parlavano a bassa voce al farmacista, come se chiedessero qualche medicina soltanto da esse conosciuta: e quell'odore speciale, l'odore comune a tutte le farmacie, che pare dia un colore alla loro aria.

*

* *

(Signore, dove m' hai portato? La sete mi ha velato gli occhi, con un'ebrezza pari a quella di chi ha troppo bevuto: c'è un delirio dell'assetato che somiglia a quello dell'ubriaco? Acqua cercavo e non medicina. Eccomi, come una mosca nella tela del ragno, prigioniero di questi riflessi, dinanzi ad un uomo che mi conosce, come un accusato dinanzi al giudice. Non si può dunque, Signore, chiedere un bicchier d'acqua?)

*

* *

— No, non mi sento male: desidero soltanto un bicchier d'acqua perchè ho sete! — Rispose con un coraggio ed una forza che gli venivano su tutt'a un tratto, pronunziando le parole frettolosamente, per paura che la forza non gli bastasse.

L'uomo calvo s'alzò di scatto come se lo avessero punto sotto le piante dei piedi; e con un gesto ampio e risentito cominciò:

— Ma cari miei, se le farmacie dovessero dar da bere a tutti quelli che hanno sete, staremmo freschi poveri noialtri! Potremmo mettere un bar, e sarebbe meglio. Acqua fresca alla gioventù, è naturale! I baci mettono sete, e poi ci si rinfresca alla farmacia. Le fontanelle ci sono apposta, i caffè egualmente; nossignore, lei sceglie la farmacia.... —.

Tacque, come se le parole improvvisamente gli mancassero; e si volse dattorno come per cercarle. Sebastiano Melampo guardò a terra disperatamente, quasi per aiutarsi con gli occhi a muovere i piedi, a voltarsi e a fuggire. I riflessi delle boccie verde e rosa si confondevano a terra in una corolla tremolante, leggera più dell'acqua che rabbrividiva senza lasciar traccia.

La vecchia, sollevato il capo, guardava con i suoi ocelli di spettro assente, senza capire. Dava un colpo di tosse ogni tanto come per approvare; e la tosse la scrollava tutta e con le mani premeva sul ventre la bottiglia che saltava come se volesse fuggire.

Sebastiano Melampo la guardò col suo sguardo migliore, per farsela complice ed amica; ma quella pensava alla sua tosse, e non muoveva gli occhi, come se fosse cieca. Sebastiano Melampo sentì

62

coprirsi di ridicolo come di un mantello rosso. Se fosse entrato qualcuno, certo il farmacista avrebbe raccontato la storia, e tutti avrebbero riso, dando ragione al farmacista. Sentì un gran caldo passargli come una vampa sulla schiena e sul viso, poi cadere, proprio come un mantello che si slaccia. E allora, una freschezza e una sicurezza di sè lo risollevò e lo sostenne come se avesse trovato un insperato appoggio, una formidabile ragione per far quel che faceva.

Rilevò gli occhi e guardò, con uno sguardo di sfida. Non aveva più sete, ormai. Si sentiva solo, non soltanto contro il farmacista, ma contro tutti.

Fosse pure entrato chi voleva, non gli importava più nulla. Sarebbero stati contro di lui, o apertamente o silenziosamente come la vecchia. Va bene! Vengano pure. Gli pareva di essere il primo martire di una legge da far rispettare. Quest'uomo nega un bicchier d'acqua come se gli costasse chi sa che. Va bene!

— Sono disposto a pagare cinque lire per un bicchier d'acqua! — Esclamò con una voce che nell'aria vibrò sola, come una lama che dondola dal soffitto. Gli parve di sentirla risuonare forte. La vecchia che aveva socchiuso gli occhi, li rialzò tondi e lontani come se non vedessero. In quella, da una portiera color caffè, comparve il farmacista con un bicchier d'acqua enorme nella mano. Ora ch'era in piedi gli si vedevano gli occhi piccoli, acuti, come quelli della faina.

— Ecco, giovanotto! dar da bere agli assetati! — esclamò con una voce troppo grossa per i suoi occhi.

Sebastiano Melampo si sentì avvilito. Lui che la voleva pagare! Forse, certo, non aveva sentito.

Prese il bicchiere: l'acqua dentro vi tremolava come una cosa viscida: acqua tiepida, acqua d'ammalati. Accostò le labbra. Gli parve che l'odore di medicinale diffuso per tutta la stanza, si fosse concentrato tutto nel bicchiere. Si fece forza, chiuse gli occhi e la tracannò d'un fiato. Posò sul banco il bicchiere e fuggì per la strada, sbattendo la porta. Gli parve che ridessero alle sue spalle, che qualcuno lo chiamasse. Affrettò ancora il passo. Aria fresca intorno alla fronte. Camminò con gli occhi bassi per tutta la sera, e ogni volta che sentiva ridere si volgeva di scatto, e gli pareva che tutti ridessero di lui.

*

* *

(«Basta così poco per uscir dalle strade di tutti! Un minuto d'oblìo. Chiederai l'acqua come un mendicante. Ti domanderanno se stai male, e premurosamente ti domanderanno se vuoi medicine. Di quanti saranno intorno a te, nessuno ti dirà: «siediti e riposa». La vita ha fretta.

Ogni riposo a pagamento. Come ventose viscide le lampade succhiano l'aria, disfatte. Entri nel loro chiarore e ti senti toccare dal loro alito impuro: (hanno il delirio freddo, e la febbre lucida) –, come quando passando dinanzi a certe case, ti senti avvicinare da un soffio che sa di vainiglia, e vedi una bocca così rossa che pare non possa parlare, artificiale. Signore, come si fa a non cadere! Basta un minuto d'oblìo — e si chiede un bicchier d'acqua in una farmacia, o l'amore in una casa che ha le persiane sempre socchiuse.

A testa alta, col sorriso immutabile dei re in esilio, si cammina: ma se domandi un bicchier d'acqua, della semplice acqua, ti domanderanno se sei ammalato: e l'acqua che ti daranno avrà il sapore di una medicina.

Perchè fra l'uomo e l'uomo, o Signore, c'è una distanza più lunga che quella che c'è fra l'una e l'altra stella? E ciascuno ha la sua lingua che l'altro non intende; e ciascuno domanda ciò che non ha, e nessuno intende la sua domanda»).

*

* *

Come è fresca l'aria e indolente. Sebastiano Melampo che s'è un po' smemorato pensando, senza guardare, si ferma ora a mirare la gente che viene e va. E pensa che se ora lo prendesse un malore, tutti si farebbero intorno a lui, lo guarderebbero impudicamente come una cosa morta, come un cavallo che stramazza, una cosa di tutti, e il corso della vita s'arresterebbe in quel punto, e il suo corpo sarebbe come il granello di sabbia nel congegno della macchina: — ma il meccanico la smonta e la rinetta, e il ronzìo ricomincia, e poscia il rumore, e del granello di sabbia nessuno più si ricorda.

Anche lui, come un cavallo affamato stramazzerebbe in mezzo alla strada, pesantemente, lui così leggero; lo frugherebbero in tutte le tasche come si fruga in un vestito smesso, e domani direbbero di lui che prima di cadere aveva chiesto un bicchier d'acqua in una farmacia; dove glie l'avevano dato, pur non essendo egli malato, secondo la sua dichiarazione.

Guardando più fortemente negli occhi di quelli che andavano e venivano, gli pareva quasi di riconoscere quelli che sotto al suo malore avrebbero scoperto «l'altro male».

Ma la sera era bella, felice e larga: lietamente si effondeva; ed uomini e donne andavano come se fossero stati lungamente chiusi nelle case; con una voluttuosa stanchezza nelle ginocchia che aumentava il piacere di andare.

Nel vedere tanta pace, nel sentire il soffio di tante parole d'amore bisbigliate fra l'una e l'altra zona di luce, gli pareva di sognare. Ma gli uomini vivevano davvero. Tutta la città pareva un giardino fra le cui ombre a sera si parla del tempo che fu e che sarà. Tutte le bocche erano pure, e tutte le mani aperte. Ma soltanto Sebastiano Melampo sapeva come sia lontana l'acqua che disseta e a qual caro prezzo ci si possano posare le labbra. Allora la sua solitudine si fece ancora più larga, prese un ampio respiro, come il punto dell'acqua che diventa cerchio che s'espande quando è toccato dal sasso che cade — e gli parve che la sua solitudine lo allacciasse all'infinito, come la luce unisce la stella alla terra.

64

A poco a poco tutte le cose si allontanavano da Sebastiano Melampo; le vedeva partire e restare a distanza, come echi; e gli occhi le guardavano fino a stancarsene. Fra lui e le cose create si veniva tessendo un velo che ogni giorno più s'infittiva; e intorno a sè sentiva chiudersi un cerchio che lo teneva come in un'isola.

Ormai, camminava a fianco alla vita; i rumori gli giungevano mortificati e attristiti; le voci e le parole gli arrivavano come lamenti sotterranei, e gli uomini gli parevano a volte dei sepolti vivi che urlassero per farsi intendere da qualcuno che non vedevano.

I giorni presero così l'apparenza di lunghi tramonti che cominciavano all'alba e finivano la sera: la notte era una tomba senza sogni.

I falegnami inchiodavano casse, cupamente come se tutto il meglio della città dovesse essere spedito, e tutti dovessero partire per chissà dove.

I fabbri battevano sull'incudine indolentemente, e qualche volta al colpo di martello l'incudine non rispondeva, come se i rumori fossero morti anch'essi. Si vedevano allora gli uomini scamiciati, con la faccia e le mani nere, lasciar cadere il martello, e con la tenaglia che tremava tener ancora il ferro roggio sull'incudine, guardandosi negli occhi, con le bocche semiaperte dallo stupore, come se all'improvviso fossero diventati sordi e muti. Chi passava nella strada non si voltava nemmeno a guardar nell'officina, come se già sapesse ch'era vuota. Una spranga di ferro appoggiata al banco, senza che nessuno la toccasse, cadeva pesantemente a terra, con uno stroscio chiaro e lungo che pareva brillasse nell'aria. Allora gli uomini si scuotevano e stringendo la tenaglia nelle mani nocchiute, raccoglievano il martello e ricominciavano a picchiare come fanciulli, soltanto per sentire il rumore.

Le carrozze passavano in fretta, ma si fermavano di botto come se il cavallo fosse stramazzato a terra; e nessuno sapeva dove erano dirette, nè perchè s'arrestavano.

Il sonno era padrone della città; e tutti si meravigliavano, ma non osavano dirlo, perchè la sera accendessero tante lampade. Le ombre cacciate, frustata dagli aculei della luce, come cagne sperse, si radunavano nei vicoli dove il silenzio le accoglieva e le proteggeva.

Le scalinate delle chiese erano popolate di mendicanti che non chiedevano più la carità, ma si lasciavano morir di fame senza lagnarsi. Qualcuno passando, distratto, lasciava cader due soldi di elemosina nella mano rattratta d'un cadavere.

La sera accendeva rose rosse sulla cima dei campanili e delle torri, ma il freddo della notte a una a una le spegneva; quelli che le osservavano, meravigliati abbassavano gli occhi per veder dove cadevano. E ciascuno sentiva che la sua anima somigliava a quelle rose fatue accese dalla sera sugli abissi in attesa della notte che le spegnesse. Altre ombre, come staffette della morte, prendevano silenziosamente possesso della città, sdraiate a piè delle case come soldati che bivaccano a lumi spenti.

La città sommersa non aveva più forma nè colore; solo le lampade le davano un profilo disegnando le strade e accendendo i vetri delle finestre fino agli ultimi piani. Pareva un elefante carico di brillanti affondato nella melma.

Ma anche le vetrine dei negozi splendevano; colme d'una luce simile all'acqua, nella quale vivevano vesti di velluto distese come esemplari di una fauna morta; le donne fermandosi a guardare rabbrividivano come se vedessero le loro pelli in mostra.

Le piazze parevano laghetti disseccati, nè si vedevano più vie d'uscita; bisognava camminare lungo i muri, e attentamente guardare per sentire se i cittadini erano vivi o morti resuscitati. Dalle porte semiaperte passava un'aria di tomba gelida come una lama di coltello. Nell'oscurità si vedevano occhi brillare, come il vetro, e pareva che non avessero corpo. I vecchi e le vecchie parlavano dietro le soglie, tossicchiando per far rumore e darsi coraggio. Le donne che tutto il giorno avevano girato con fiori rossi sul petto, còlti chissà dove, a quell'ora erano tutte finite, come se fossero ripartite per la loro terra natale. E a Sebastiano Melampo pareva che la morte si potesse evitare solo restando a fianco ad una donna, perchè la Morte ama i solitari e sfugge le coppie che tramano contro di lei.

*

* *

Sebastiano Melampo guardava la città come se avesse dovuto darne conto a qualcuno. Si sentiva più che mai fratello di quella povera gente prigioniera di mura di pietra pesante che essa stessa aveva costruito; e quando li sfiorava, quando la loro voce giungeva fino a lui, doveva strapparsi con forza al desiderio che lo tentava di fermarsi a discorrere con loro; di prenderli sotto braccio e di trascinarli all'osteria, sorridendo, quasi per avvisarli, «che non c'era da temere, che sperassero nel domani». Ma nemmeno lui credeva a queste speranze, e sempre temeva che qualcuno, nel delirio, o per malvagità, avrebbe finito per parlare e urlare la verità agli uomini; e già vedeva gli uomini scagliarsi l'uno contro l'altro, e divorarsi come lupi. Certe facce erano infatti come la paglia secca che non aspetta altro che una scintilla per ardere.

Le nuvole, intanto, scomposte e ricomposte da venti che non si sentivano, andavano ininterrottamente pel cielo, e il loro colore funereo si riverberava sulla terra lentamente, ma profondamente. La pietra delle case ventava un'aria fredda come l'ultimo respiro di un morto.

Sebastiano Melampo camminava come chi sa che se si ferma non si rialzerà più. Il sangue gli si raffreddava nelle vene, e il cuore certe volte non lo sentiva nemmeno, col bisogno di toccarsi l'una mano con l'altra per sentirsi vivo.

Chi altro se non la paura occupava le piazze ? Il suo sguardo freddo le teneva inchiodate alla terra come il serpente inchioda al nido la capinera. Se la paura si fosse ritratta, pareva che le piazze si sarebbero richiuse come strade.

Qualche nuvola più leggera a volte si distaccava dalle compagne, come se il vento non la reggesse più, prendeva terra, si voltolava un poco nella via, finchè scendeva, come un gatto, in una fogna. Alcuni credevano che quello era il colore del vento, che non aveva mai avuto colore.

Il silenzio, anche quando il sole folgorava le strade, era così forte che faceva battere le tempie, come se tutti guardassero in un punto, o ascoltassero qualche rumore sottoterra.

*

* *

66

Nessuno osava confessarlo, ma tutti aspettavano qualche segnale, qualche indizio, qualche principio, di bene o di male, dall'aria o dall'acqua, parendo a tutti che il caos girasse intorno alla città come un brigante dalla faccia velata.

Un giorno che in una piazza molto frequentata scoprirono in una commettitura del selciato un filo d'erba verde, e accanto quasi il gambo di un fiore che non era nato, tutti si fermarono, si misero in ginocchioni per osservare il miracolo. Uno voleva toccar con le mani il filo d'erba, ma un urlo bestiale di tutti gli astanti lo trattenne, e fu allontanato in malo modo. Gli sguardi di tutti erano così fissi ed estatici sul miracolo che pareva il fil d'erba e il gambo del fiore non nato dovessero piegarsi.

Ma dopo le prime esclamazioni di stupore, e dopo che il cerchio degli astanti si fu rinnovato, quando nella città non ci fu più nessuno che non avesse visto il miracolo, le bocche si richiusero come quelle dei bambini quando han rubato una chicca, e gli occhi si guardavano l'un l'altro supplichevolmente: pareva che ognuno passasse lo sguardo dal suo vicino di destra al suo vicino di sinistra, finchè l'ultimo lo lasciava cadere come un fiore che dopo tante mani è infine appassito.

A poco a poco gli astanti si diradarono, e lontani di qualche passo, o nei vani della piazza, si misero a commentare l'accaduto, in crocchi radi e folti come dopo un terremoto. E ognuno raccontava all'altro dove era e come aveva saputo del miracolo. Nessuno poteva convincersi che dall'arsione del selciato sempre bollente avesse potuto fiorire un fil d'erba così verde ch'era quasi umido. E discorrevano lungamente, lungamente come se l'uno volesse impedire all'altro di dimandare: «ma che cosa significa? Dimmi!».

Soltanto le donne si interessavano poco al fatto; e i giornali quasi non ne parlarono.

Molti tutta la notte, e per parecchie notti, restarono a guardia del fil d'erba e del gambo di fiore non nato. Vincendoli il sonno, nel sogno domandavano a qualcuno che non nominavano mai, perchè cosi li tormentava, e mai non si rivelava; e che erano stanchi e che volevano morire – ma quest'ultima frase, anche nel più acuto delirio del sonno, la dicevano con una voce così piana e arrochita, che la poteva sentire appena appena chi la pronunziava.

Sebastiano Melampo si aggirava intorno al luogo del miracolo, come intorno al luogo del delitto si aggira l'assassino, ascoltando che ne dicono, e dove suppongono che l'assassino sia, e come lo condannerebbero.

Rimirava il fil d'erba e il gambo del fiore non nato come il principio d'una grande rivelazione. E molte parole gli tumultuavano nel petto, che avrebbe voluto comunicare al primo che capita. Ma gli uomini tutti lo guardavano, e nessuno lo interrogava, ed aveva paura di essere il primo a parlare. Gli pareva che la parola più innocente e più semplice, in quell'atmosfera avrebbe preso un significato irriconoscibile e stravolto, come il frammento di specchio mostrato per la prima volta al selvaggio.

Perciò si tacque.

E mentre gli altri parlando sottovoce ingannavano il tempo e ravvivavano la speranza – come un bimbo a cui si allisciano i capelli raccontandogli una favola –, egli guardava quella gente con un grande desiderio di dare metà del suo sangue per renderla felice.

«Ecco l'umanità – egli pensava, in disparte, perchè gli pareva che i pensieri dovessero sentirsi – in balìa del primo fil d'erba che cresce dove non è seminato; ecco l'umanità che riceve il sole e il vento, la pioggia e la luna, con le spalle curve e la bocca chiusa senza che osi mai domandare «perchè? perchè?».

Perchè le margherite sbocceranno sul selciato assetato, l'erba fiorirà sulle soglie arse, e l'acqua zampillerà sul deserto: e tutti saranno dissetati».

La bontà degli uomini allora gli si mostrò chiara ed incredibile, come al navigante si mostra la terra remota di cui aveva certezza soltanto nel fondo del cuore.

Si ricordò della sera che aveva chiesto da bere nella farmacia, e gli parve che tutti gli uomini fossero, ogni giorno, nella sua attitudine di quella sera. Tutti chiedono da bere e nessuno li disseta.

Più grande allora gli parve il miracolo, considerando quegli uomini che vivevano la loro vita pienamente dandosi per intero alle cose che potevano toccare, e avevano appena il tempo di guardare in su per vedere se il cielo era nuvolo o sereno; quegli uomini che si tenevano in piedi, e avevano foggiato qualche cosa con le loro mani; – mentre gli sarebbe parso fatto naturalissimo che uno di essi un giorno, quasi rapito, esclamasse: «perchè?» e si sdraiasse per terra, e si lasciasse morire, e che tutti lo imitassero, quasi abbagliati dalla forza di quel primo: «perchè?».

Che quegli uomini andassero con tanta sicurezza sulla terra, che assistessero alle apparizioni della morte senza domandarsene mai il significato, questo pareva a Sebastiano Melampo un miracolo così grande che ne era scosso e turbato come se un fendente lo colpisse dal capo ai piedi.

Ma un altro fatto ancora gli appariva incredibile e mostruoso: che quegli uomini mettessero al mondo dei figli: essi che pure nel fondo dell'anima sentivano che la vita è una cosa ingiusta e dolorosa, mettevano al mondo dei figli, ossia degli esseri simili a loro, senza mai prospettarsi l'ipotesi che un giorno un figlio potrebbe dire a suo padre: «perchè mi hai chiamato? io non volevo nascere!».

A questo punto sentiva la sua mente offuscarsi e vacillare, come chi ha bevuto un vino troppo forte.

Si appoggiò al muro di una casa: era freddo e quasi lo respingeva. Si volse in su; vide la gronda del tetto, altissima, e si perse. Gli uomini che sapevano quanto poco basti perchè una casa crolli e sia ridotta un cumulo di macerie, costruivano case così ampie, che avevano un'apparenza d'eterno, ed in esse non solo tranquillamente vivevano, ma riuscivano anche a prendere sonno.

L'essersi fatte queste domande gli somigliò all'aver commesso un delitto. Sentì la sua faccia vuotarsi e colmarsi di sangue, a onde fredde e ardenti. A occhi bassi si fece largo fra i gruppi di gente che ancora biasciava la nascita del fil d'erba; passando, sfiorò la testa di un bimbo, quasi per spegnere l'asciuttore delle mani; e come il bimbo alzò la testa, gli parve di vedere nei suoi occhi celesti e puri un'acqua di continuo rinascente capace di cancellare tutte le domande e di dissetare tutte le ferite.

*

* *

Di giorno in giorno la gente diveniva men fitta intorno al luogo del miracolo. In breve nessuno più vi pensò.

Sebastiano Melampo che era tornato a guardare, vide che del fil d'erba e del gambo del fiore non nato era persa anche la traccia: passando la gente senza posa nella piazza aveva raso l'uno e l'altro. Dove prima tutti s'erano fermati colpiti dalla rivelazione che non riuscivano a guardare pienamente in faccia, passavano ora a pie' lesti e sgombri d'ogni preoccupazione.

«La vita va in fretta – pensava Sebastiano Melampo – perchè nessuno abbia tempo di osservarla; come una donna bella che bisogna osservar di lontano; guai a chi le si accosta! O è impietrato, o incantato come il serpente fa con la capinera. La vita ha fretta come l'assassino che fruga nelle tasche dell'assassinato. Guai a fermarsi a guardarla! Essa non vuol testimoni. Con una mano rincalza i morti, e con l'altra mette alla luce i vivi; notte e giorno, giorno e notte!».

«Ora, dove sono ora? – pensava Sebastiano Melampo, una mattina ch'era solo, e osservava un fioraio annaffiare i suoi fiori –. Il mondo cammina a mia insaputa; ed io non sono che un punto nero con due occhi luminosi, che vado. Non peso sulla terra più di un alito, e potrei morire, o esser già morto, o non esser mai nato. Il sole passerebbe sopra il mio cadavere, l'ombra mi sotterrerebbe, gli uomini mi calpesterebbero; e tutto sarebbe egualmente come oggi è, e nessuno andando si arresterebbe domandandosi: «ma lui dov'è?»

È possibile che questi che vedo dinanzi a me siano gli uomini, gli uomini di cui le leggende e le storie parlano? Gli uomini che hanno alzato queste case, scavate queste strade, gittato questi ponti, seminati questi fiori?

Ma quale spirito alita nelle loro mani quando sono al lavoro, se ora, a vederli così, fanno pena e pietà come fa pena un fanciullo senza dande che prova i primi passi? La Morte cammina in mezzo ad essi, ed essi non se ne preoccupano, come se non sapessero che la morte esiste, come se non l'avessero mai vista. Non è stata dunque la Morte a creare il lavoro per poter piombare sulle sue vittime senza che esse se ne accorgano?

Poveri e sublimi, eccoli qua! Passano superbamente chiusi in sè, ma il desiderio li trascina come un mastino trascina un bimbo. La luce del sole posa una maschera sui loro volti, gialla come quella che avranno quando saranno cadaveri, e il lume delle lampade li colora a piacimento.

Al mattino parlano a bassa voce, quasi per timore di velare o far crollare il fragile cristallo che vedono nell'aria vergine e pudica. A mezzogiorno, quando il sole come un ubriaco ha detto la verità a tutti, quando ha alzato le ombre come vesti di donna che celavano la carne, quando ha preso per il petto ogni cosa e l'ha scossa finchè quella ha mostrato la faccia, fissandola in fondo agli occhi come se volesse col suo fuoco arder l'anima, a mezzogiorno gli uomini parlano ad alta voce; la foglia di rosa del mattino ormai è diventata una foglia di bronzo martellata e temprata che pare non debba appassir più.

È la grande ora sensuale, quando ogni cosa ha un sesso e pare che le ombre siano scomparse, assorbite dall'abbraccio amoroso dell'oggetto. Tutto è fermo, solido, intangibile.

Il pomeriggio è una lenta agonia; il giallo del giorno e il grigio della notte, come tentacoli di due piovre, si cercano e si tentano per disperdersi l'uno nell'altro; come gatti muti in amore, lottano lungo le prode dei tetti, sulle soglie delle case, sui davanzali delle finestre. Come da una ferita aperta nel fianco, la notte versa mollemente il suo nero sangue. È l'ora in cui i fiori odorano così forte che pare che brucino. Simili a gocce d'acqua sopra una lama d'acciaio rovente, le ore liquefatte precipitano; tutte le strade si fondono in una sola, e gli uomini la devono percorrere, sottile come una lama di coltello. Il silenzio comincia a salire come un'acqua che a mano a mano s'acchiara; dapprima timido, debole, fragile, sale e riscende, monta e manca, come un'onda; poi si rafforza, filtra e si diffonde, sottile come un respiro che invade le cose che tocca; spoglie dei rumori che le sollevavano come ali, le cose si tengono alla terra, come uccelli implumi, e guardano in giù fissamente, come se col loro sguardo volessero cercarsi un'altra strada per evadere dalla terra.

Allora gli uomini cominciano a tacere; le parole fanno nausea, fermentano e tornano in gola. Tutti hanno la bocca piena di polvere, color d'oro, ma che sa di cenere; con le palpebre basse camminano strascinando i piedi sull'oro caduco che incendia il selciato. Paiono cadaveri che mutano cimitero.

In quest'attitudine li coglie la sera, che raccoglie gli ultimi scampoli di sole distesi sulla terra, come la lavandaia quando annuvola ritira i panni che aveva distesi ad asciugare. È l'ora delle donne che trasaliscono senza saper perchè, come se qualcuno le avesse toccate sulla spalla chiamandole per nome. Ogni finestra ha una tenda azzurra che s'imbruna. Chi passa le guarda, come se non fossero case per uomini; perchè ogni uomo si sente a un tratto solo, con nelle mani il senso del vuoto, come chi ha stretto a lungo un oggetto. Pare che ognuno veda il lavoro della sua giornata scomparire dinanzi ai suoi occhi. Al muratore pare che il muro che ha alzato si dissolva in polvere; a chi è in cammino pare che la strada sia ancora da cominciare; e all'innamorato che l'amore sia già morto, e tutto finito, e l'amata fredda e immota. Come se tutti gli uomini non fossero che collegiali condotti in campagna, che a sera ritornano in città col ricordo del sole e del verde, e col profumo dei fiori sulle mani che non riesce a staccarsi.

Le palpebre si risollevano come per un respiro; le mani hanno l'ali come se il flusso e riflusso del sangue le facesse andare nell'atto di accarezzare. Breve ora, quella della sera, in bilico fra i due respiri che si incontrano al di sopra dei monti, quello del giorno e quello della notte, che si mescolano, come il respiro di due amanti sul letto di morte. La primizia della sera è contesa fra due stagioni come un frutto prezioso. Simile a un'onda emersa dal mare, a una nuvola scesa dal cielo, la terra non è il suo regno. Un respiro si solleva da tutte le bocche; tutti gli occhi traboccano di celeste; Pasqua di resurrezione. La voce s'addolcisce, intenerita dall'aria che l'accoglie e la porta lontano come una foglia rapita dall'acqua. Il cielo non se ne vuole andare; si ferma ad osservare la nobiltà del suo colore specchiato per un attimo nella carne degli uomini. Gli uomini si accorgono che esiste il cielo, e a ognuno pare di riconoscere il suo.

Ma a poco a poco, senza che nessuno senta, un piccolo rumore s'esala a destra; poi un altro e un altro; come se qualcuno scendesse a tentoni lentamente, ma irreparabilmente, una scalinata: è calata la notte.

*

* *

Come il serpe inghiotte la capinera, così la notte inghiotte la sera.

Scende regalmente, e la sua veste di viola copre ad uno ad uno i piccoli ricordi che la sera aveva lasciato, un barlume, un riverbero, una striscia di luce, una macchia celeste, un nonnulla. Pare che la sera sia una bambina che ha lasciato i suoi giocattoli sparsi a terra, che la nonna, mentre ella dorme, raccoglie e ripone.

Gli uomini riabbassano gli occhi, poi li volgono intorno e si guardano come se avessero cambiato colore. Le donne credono di avere la coda di un gatto che le soffoca intorno al collo. Senza che se ne avvedano sprofondano nel nulla; le caviglie sono già affondate; ecco la vita stretta dall'ombra, e poi, su, su, il collo fine, gli occhi dolci, i capelli ondanti: soffocate. Ogni donna muore a quest'ora come muore la sera. Si sente il suo grido di pecora sgozzata fuori le mura: quella tenue riga rosa che oscilla a mezz'aria pare sia il suo lagno; eppure se n'è andata muta com'era venuta. C'è una sfumatura di sangue lungo i muri. Gli occhi sono stanchi e pesano come se avessero visto troppe cose: i passi si affrettano come se si scendesse; manca il respiro; l'aria se n'è andata e con essa il colore della terra. Gli uomini hanno freddo e fretta come morti che mutano cimitero. E non potendosi sentire soli e all'ombra in mezzo alla via, si precipitano nelle case, si rinserrano, mozzo il respiro, e si gettano sul letto affondando la faccia nel guanciale, per piangere senza essere sentiti, su tutto quello che è finito.

71

Piangono lagrime amare, mentre al di fuori la notte, fredda e pacifica come un giustiziere, lentamente va toccando a una a una le cose che il giorno le ha lasciato, come l'invasore che numera il bottino.

Ma una lampada, ed infinite lampade squillano per tutte le vie, senza che il loro squillo colpisca le orecchie; bianche, mutole, afone, pupattole di cipria arroventate, filatrici insonni e sonnambuliche, impiccate sui quadrivi come vedove calve. Gli uomini hanno paura dell'ombra, e come una donna di malaffare l'han confinata in vicoli obliqui come il colpo di coltello dato al ventre. Ma ognuno dietro al suo passo sente lo strisciare di quella, come la mano tesa d'una mendica muta che non fa più rumore della morte.

La Morte ha chiuso tutte le porte con le sue mani nere e semplicemente guardando all'intorno ha fatto tanto silenzio. Una riga di sangue del tramonto colora ancora l'orizzonte come la lunetta della ghigliottina di fresco usata; lampi come occhi che s'aprono e si chiudono fulmineamente appaiono nel cielo, come sforzi titanici dell'increato che si vuol rivelare; ma basta chiudere gli occhi per non sapere.

Come le facce passando sotto le lampade cambiano colore, così i pensieri sotto la notte cambiano natura. Un soffio divino mi segue, un soffio che mi par di vedere. Sento le mie mani pesarmi, troppo bianche, impudiche come quelle della paura, e le nascondo. Le ore lentamente, sordamente martellano il cuore che non dà sangue, come un'incudine che non dà rumore battuta da un vecchio.

Tutte le cose sono state rinchiuse e ingoiate. Tutti gli uomini dormono con gli occhi chiusi come bambini. Io solo vivo come un'ombra che s'è alzata dalla terra, e con le mani cieche brancolo per ritrovare i pezzi di ciò che fu rotto, per ricomporre la statua che fu alzata dagli uomini sulla sabbia del giorno, e che la notte ha spazzato come un gioco di bimbi. Io solo, tutte le notti, senza una parola in bocca, combatto con la morte. E già la notte si vendica di me, mostrandomisi in ogni dove, inafferrabile ed eterna.

*

* *

Ora bella soltanto per il solitario che sente la terra disperata e muta come il suo cuore.

Ora bella soltanto per chi tutto ha dato e nulla chiede.

Per gli altri, per gli uomini tutti, o Signore, abbrevia, tu che lo puoi, quest'ora.

*

* *

Era di mattina, e il sole scolpiva con i più sottili dei suoi raggi le cose emerse appena dall'ombra, quando Sebastiano Melampo volgeva in sè questi pensieri.

Il fioraio continuava ad innaffiare i suoi fiori, calmo e solenne. I lilla turchini come la campagna dopo l'acquazzone, le peonie rosse come se dovessero scoppiare, le viole morbide e tentatrici, ed i mughetti come occhi di bimbi ancora chiusi dal sonno dell'al di là donde sono venuti. L'acqua scintillava sulle corolle, scivolando come una collana di perle che si sfila. La primavera aveva spalancato tutte le porte col suo alito mite e profondo. Tutte le cose si tenevano da lato, come sotto la presenza di una regina che teneva in signoria il loro cuore.

Solo il cuore di Sebastiano Melampo, come un cane che s'è dato alla campagna, errava lontano fra sterpaie e fratte, punto dalle spine, dissanguato dai roghi, solo sull'aperta terra, come se fosse caduto dal cielo.

IL FREDDOLOSO FANCIULLO SERALE

— Portami con te!

Era quasi notte; le strade si facevano scure a poco a poco, e la gente scompariva rapidamente.

— Portami con te!

Sebastiano Melampo guardava intorno a sè, senza vedere, tanto era occupato e intento ad altro.

Ogni tanto un brivido lo scuoteva, come una goccia d'acqua fredda che gli percorreva la schiena dalla nuca. Già maggio aveva indorato le vie e liquefatte le architetture cristalline alzate dall'inverno. C'era rimasta nell'aria come una polvere d'oro che a respirarla dava dolore; come se l'aria si fosse appesantita d'una oscura doglia, ed entrasse nel petto a fatica, simile ad un profumo troppo forte. Anche i discorsi degli uomini erano diventati stanchi, come se il sole dissolvesse le loro parole nell'aria, la quale pareva cadesse come festoni d'alloro dopo una festa.

— Portami con te!

Sebastiano Melampo udendo per la prima volta questo richiamo che gli veniva dall'ombra, quasi che esso lo scuotesse tutto, sentì, o gli parve, ch'era la terza volta. Si volse verso l'ombra. Un profumo caldo saliva dall'oscurità ma non se ne scorgeva la fonte. Poi a poco a poco un volto bianco e due braccia lunghe si fermarono sul limite del vuoto, come uno che si vuol specchiare in un lago. Era una donna: giovine, pareva. Lo toccò al polso e gli parlò nell'orecchio. Sebastiano Melampo la guardava, come se non fosse presente.

— Perchè vuoi lasciarmi sola ? Ho freddo. Anche tu hai freddo? Sento che tremi. Dove vai? Sei stanco? Hai sonno: hai gli occhi gonfi! Vedi come sono bella? Ma lo sai che le belle invecchiano prima delle altre? È proprio così. Come sei triste. Vieni. Io sono bella più per gli altri che per me. Andiamo. Ti vedo sempre passare, sempre solo. Una sera t'ho chiamato, ma tu non m'hai sentito. Sei sempre distratto. Vieni. Perchè cammini sempre in fretta? Sei molto occupato? Non ti piace di star per le strade? Già, si rischia di esser fermati da una donna come me. Ma io sono bella. E poi ce ne sono tante: vedrai. Conoscerai mamma Rosaria, che è così gentile, ma ha perduto tutti i denti a forza di essere gentile con tutti. Vedi. Siamo arrivati.

Senz'accorgersene, s'erano avviati ed erano giunti dinanzi ad una porticina stretta e bassa che dava sur un andito profondo e nero. In fondo il chiarore proiettato da una lampada che non si vedeva mostrava un gomito di scala.

— Vieni, vieni, faccio strada.

Ella andava avanti e Sebastiano Melampo la seguiva come in sogno. Ma una folla di pensieri da tutte le parti lo serrava, gli saltava addosso, lo guatava come una muta di mastini al cancello d'una casa difesa. Ed erano tanti che a momenti gli pareva di non poter più aprire gli occhi; e le ginocchia come se si sciogliessero.

Salirono per una scala slabbrata, incavata, tutta gomiti ripidi; lungo il muro si muovevano le loro ombre lunghe e magre, come animali destati che fuggivano.

Una rosa verde filettata di bianco era spanta per terra dinanzi ad una porta chiusa. C'era una lampada, in alto. Un campanello suonò con uno strillo simile ad uno squarcio; come se un diavolo rosso corresse squillando per tutta la casa. Poi tutto ricadde; e allora Sebastiano Melampo pensò che quella che gli stava dinanzi egli non l'aveva nemmeno guardata in faccia.

Si fermò a considerare la nuca bianca, infantile, con qualche cosa di estremamente povero e dissanguato. Stavano tutt'e due con i piedi nella stessa rosa verde, e questo pensiero lo colmò di tenerezza. La sua nuca era bianca, e gli pareva curva come sotto un giogo che non si vedeva. Ma si sentivano così lontani l'uno dall'altro che ella non aveva il coraggio di volgersi e guardarlo in faccia. Sebastiano Melampo abbassò gli occhi per paura che ella si sentisse osservata e si voltasse. Gli pareva di aver sceso uno scalino, il primo, d'una lunga serie; e che non era possibile ritornare in su.

Alle loro spalle la scala s'era ricolma d'ombra; essi n'erano usciti come se l'avessero trapanata. Il cuore gli batteva forte; e non sapeva più nemmeno una parola. Tutti i pensieri lampeggiavano, s'arrestavano un attimo, e scomparivano, come maschere di carnevale, e non gli suggerivano nemmeno una parola.

La porta s'aprì ad un tratto, silenziosamente; e non s'era sentito nessun passo. Nella mezza luce comparve una donna. Sebastiano Melampo guardava in terra. A destra, condotto per mano, entrarono in un'altra stanza. Un divano di velluto rosso correva lungo la parete di sinistra. In mezzo della stanza c'era un tavolo, piccolo, rotondo, con un tappetino verdastro, con sopra una boccettina per i fiori, ma senza fiori.

Improvvisamente, comparvero, una, due, tre, ragazze. Nella casa non si udiva nessun rumore. Lo accarezzarono una dopo l'altra, ciascuna chiamandolo con un nome diverso, ridendo di un riso che sfiorava appena la pelle, un riso così triste che Sebastiano Melampo fu forzato a rispondere con un altro sorriso, per non far vedere che lo avevano donato invano. Lo fecero sedere sul divano, in mezzo, e gli si sederono a fianco. Due da un lato, ed una dall'altro. Una rimase in piedi, di contro.

— Rosa siediti anche tu ! — disse una.

— Sto meglio così in piedi: così vi vedo tutt'e quattro!

Rispose ed accese una sigaretta che teneva ciondoloni spenta fra le labbra.

Alla sinistra di Sebastiano Melampo c'era una piccolina, minuta come un'ombra; bastava la sua presenza a rievocare tutte le educande che a quell'ora dicono il rosario nei conventi sepolti dal silenzio dei grandi giardini, l'altra a destra rideva, rideva e poi tornava a ridere di un riso floscio come della stoppa che non riuscisse a districar dai denti, quasi non avesse mai fatto altro. Tutto il seno scoperto le tremava come un'acqua rosa di continuo scomposta e di continuo ricomposta. I denti bianchissimi le lucevano come se non fossero suoi. Accennando a dire una parola, il riso la soffocava e le sillabe saltavano in aria, come scheggie, quasi che la parola fosse stata svertebrata dal fresco scossone di quel riso che partiva dal ventre. Con le mani unite al disotto delle ginocchia accavalciate, pareva che pregasse se stessa di essere più calma e più buona. Se ristava un attimo, respirando forte come se avesse corso, di nuovo il suo riso puerile ed osceno, infantile e nonagenario la riassaltava, come se le scorresse col sangue, infuocandole le orecchie, sommergendole gli occhi sotto il grasso lucido delle guancie. Sebastiano la guardava con l'occhio, curvando un poco a destra la testa; e poi riguardava in terra, dove c'era un leone a gola spalancata tessuto sul tappeto di feltro.

Quella che le stava alla sinistra, come assente, non si scuoteva a quel riso; come se pensasse ad altro.

Ella l'aveva condotto, ma ora era come se se ne fosse dimenticato.

Rosa, in piedi, alta, appoggiata allo specchio grande che ricopriva quasi tutta la parete, fumava rabbiosamente, e li guardava con aria sprezzante.

La piccolina di sinistra, che per tutto il tempo s'era tenuto il mento sulla mano destra, col gomito puntato sul ginocchio, improvvisamente si scosse, come se le venisse un'idea, e disse:

— Vuoi sentirmi cantare? Ti vogliamo tutte bene, vuoi?

— Tanto, tanto bene! — risposero in coro le altre, strascinando la voce, ironicamente. Anche quella che rideva si calmò, ansando forte, e si arrovesciò indietro, con le mani, tenendosi le tempie, come se qualcuno la prendesse per il petto ed ella finalmente gli s'abbandonasse.

Rosa corse in un angolo, gettò la sigaretta, la premè forte col tacco, poi, vòlte le spalle, si raggiustò i capelli: ma la noia pareva che la tenesse abbracciata dai piedi alla testa, e che da un momento all'altro la facesse cadere addormita per terra.

Sebastiano Melampo alzò gli occhi per la prima volta e si volse intorno a guardare. Lo specchio di fronte era corso all'ingiro da una cornice dorata come l'acqua di un lago circondata dal tramonto.

In basso, non rifletteva che le loro quattro teste, come decapitate.

A sinistra, sotto una portiera di cenere e vino si intrasentiva una finestra. Come egli la guardò, quella che gli stava alla destra disse:

— Rosa, guarda se la finestra è chiusa!

E Rosa, con un sospiro, alzò la portiera, e apparve la finestra stretta, semichiusa, bianca, con le tendine che ricadevano, flosce e accartocciate. Rosa la fermò con stizza, e ricomparve quasi più rossa in viso.

Il tappeto, il divano, la portiera, l'uscio, il tavolo, avevano un color vino polveroso, dolciastro, che si sentiva alla gola come se si sfarinasse e impregnasse l'aria.

Vi fu un minuto di silenzio sospeso, come se fosse stata fatta una domanda alla quale non si sapeva che rispondere; poi quella che pareva un'educanda, con una nota enorme come una bolla di sapone che scoppia con uno schiocco di frusta, cominciò a cantare. Ma il silenzio non fu vinto, e parve ritrarsi per non essere tocco da quella voce.

Pareva che si aspettasse qualcuno che non veniva.

Le lampade accese sotto il soffitto scemavano a mano a mano, quasi che la lor luce si sfaldasse come cipria nell'aria.

Sebastiano Melampo si sentiva soffocare, come se lo tenessero stretto fra le braccia. E ogni tanto, quasi per respirar meglio, alzava gli occhi verso la finestra, dove pareva che qualcuno trattenesse il respiro.

Tutt'e quattro le donne tacevano, sedute come giocattoli spezzati. Anche Rosa, ripiegatasi su se stessa come se fosse appassita, s'era accoccolata sopra una poltrona ch'era stata seminascosta in un angolo. Ma di scatto, si levò in piedi, disse «arrivederci!» come un insulto, e fischiettando scomparve dalla porta donde erano entrati.

*

* *

Sebastiano Melampo si sentiva guardato con occhi profondi come tentacoli. Una gran voglia di dormire gli venne; e fu per confessarlo. Ma quando provò a parlare, si sentì le labbra serrate come se avesse ricevuto un bacio troppo forte.

Gli pareva che fosse passato un tempo incalcolabile dal momento in cui l'avevan trovato solo sulla via e condotto sul divano, come se il tempo, da una falla, si fosse precipitato tutto lì; convertendosi in una materia solida che lo allontanava sempre di più dalle cose presenti esistenti; quasi che il tempo diventasse spazio. Gli pareva che a poco a poco avrebbero riconosciuto l'essere suo, e che non era un uomo qualunque da potercisi divertire senza scrupolo. E allora, forse, gli avrebbero mostrato tutto il rancore dell'essersi ingannate.

Il suo silenzio, la sua attitudine chiusa se pur dolce, la sua lontananza dal posto dov'era, dalle parole, dalle carezze che gli avevano fatto, turbava le ragazze come la presenza di un giudice. Ed il silenzio indescrivibilmente si gonfiava come un fascio di sarmenti a cui è dato fuoco, che dapprima danno un gran fumo, e poscia con uno scoppio liberano la fiamma. Avrebbe voluto fuggire, ma glie ne mancava il coraggio; si sentiva così pesante e come incatenato che per due volte tentò levarsi, ma fu come se avesse cercato di sedersi meglio, sempre più sprofondando nel velluto; e le molle avevano risuonato con uno strappo sordo come un allarme. Ormai pensava che il meglio era lasciarsi andare, e attendere il momento in cui avesse avuto la forza di parlare: del suo silenzio presente sentiva però un rimorso, come di un male fatto senza volerlo.

In quel punto comparve una donna che occupò tutto il vano dell'uscio con la sua persona. Così leggera era venuta come se non avesse piedi. La faccia cicciuta le ricadeva in pieghe sinuose alle mascelle; gli occhi semisepolti nel grasso, ma freschi, come un rivo in una cavolaia; le sopracciglie così bionde che non si vedevano, così che dalla fronte agli occhi, non c'era alcuno stacco; i capelli biondissimi, quasi stoppa, alzati sulla testa trionfalmente, con un nastro nero incrociato, come una bica di grano con uno spaventacchio. La pelle del petto avvinata, gonfia ai seni come per due tumori, tremava ancora per i passi fatti; la gonna celeste, rigata all'orlo da un merletto bianco, pareva una veste da fanciulla indossata per gioco, e pareva starle addosso sovrapposta come vestiti messi per prova. Con le mani poggiate sui fianchi, chiudeva tutto l'uscio come un'apparizione. C'era in lei del fantasma e della bestia; quello che avrebbe voluto essere e quello che era. Gli occhi mobilissimi in alto, parevano due bambini che vanno da destra a sinistra e non riescono ad affacciarsi al davanzale d'una finestra troppo alta. Il naso e la bocca, bianco di cipria l'uno, rossa di bistro, l'altra, parevano una maschera che di minuto in minuto può cadere.

Da quell'ammasso di carne uscì una vocina gracile, leggera, come l'incrinatura di un cristallo, che pareva una caricatura, come se invece di lei parlasse una pupattola soffocata nel petto.

— Buona sera a questo signorino. Liana, che è questo silenzio? Ebe, perchè non dici nulla? —

Le parole fuggivano dalle labbra appena modulate, per i denti che mancavano, come se non potesse oltre trattenerle. Ad ogni parola alzava le palpebre, come se le sillabasse con gli occhi, ma con pena, quasi che gli occhi fossero schiacciati dal peso di tutta la fronte che crollava sulle palpebre panciute.

Le due ragazze nominate ritirarono appena un poco le gambe, la guardarono e non dissero nulla, come per sottintendere che esse non avevano colpa.

— Rosa dov'è andata?

— In camera, sola.

Non si muoveva dalla soglia; pareva aspettasse una risposta ad una domanda che non osava fare.

Sebastiano Melampo la guardò come una liberatrice. Le vide i piedi piccoli, nelle scarpe grigie che non avevano fatto rumore.

Liana le fece cenno di andarsene, accennando Sebastiano Melampo che finse di non vedere; ma fu punto da quell'accenno come da uno spillo al fianco.

— Ebe, Mariannina, venite, c'è gente! — disse infine, e si volse. Poi, girandosi di nuovo a metà, delicatamente, a Sebastiano Melampo: — Buona sera, signorino! —

Ebe e Mariannina si alzarono lente e pigre, con le mani sotto le ascelle e uscirono seguendo la padrona. Mariannina, chiudendo la porta, con la mano sulla maniglia, gettò un'ultima occhiata dentro la stanza con gli occhi che le ridevano, soli, mentre tutta la faccia era triste; e pareva che la pelle delle tempie fosse stirata indietro da due mani invisibili che mettevano in mostra quei due lobi lucenti.

Il silenzio, sollevatosi un poco, ricadde appesantendosi, freddo e cupo; come un cane che s'addorme in un angolo.

Allora quella che gli era a fianco, si volse verso Sebastiano Melampo, e gli prese una mano e la baciò. Sebastiano Melampo non potè trattenere un moto di disgusto, e ritirò la mano, guardandola dov'era stata baciata, come se ci dovesse essere l'impronta. Quella lo guardò torva, ma riprendendosi disse:

— Fumi ? Vuoi una sigaretta?

Sebastiano Melampo non rispondeva, ma gli pareva che quelle parole fossero state pronunziate già milioni di volte, sempre dalla stessa bocca, e che ora non avessero più senso, e che non significherebbe nulla nemmeno la risposta.

— Vuoi che faccia venire quell'altra che era qua prima ? (E accennava alla destra). Bisogna essere allegri, che diamine!

Ma Sebastiano Melampo non distingueva più nè quella nè quell'altra. Avevano tutte gli stessi occhi, le stesse bocche, le stesse parole; e un odore di cipria e di vainiglia che pareva dovesse lasciare una traccia bianca alle narici.

— Non mi ami, perchè? Sai bene che io ti amo, non è vero? — E rise con un riso che era come il crollo delle parole, e ne rivelava la menzogna.

— No, non importa, tanto ora vado via — . Rispose infine Sebastiano Melampo, con una pena e uno sforzo enormi, come se le parole gli giungessero da tanto lontano che non le poteva ripetere. E gli parve di sentirne non il suono, ma l'eco.

— Tu sei mezzo pazzo, caro mio! — disse ella, con im accento, infine, di convinzione. — Sai che noi non possiamo perder tempo ? Dovresti pagare lo stesso.

— Io pago anche due volte, e me ne vado subito! — Rispose a voce alta Sebastiano Melampo, come se d'un tratto si fosse svegliato.

— No, sta buono, si scherza, si dice così per dire, ma ti pare, cocco mio! —

E si chinò a baciarlo sulla bocca, con impeto. Ma Sebastiano Melampo non restituì il bacio: e la bocca gli rimase così fredda che quella si ritrasse, s'alzò, uscì di scatto, sbattendo la porta.

A sentirsi solo, gli parve che il silenzio si allargasse; e un senso di colpa gli premeva il cuore. Sentiva ch'era sua la colpa d'essere venuto, senza voglia nemmeno di parlare. E provò ad alzarsi, ora ch'era solo, ed a parlare a se stesso. Interi discorsi gli venivano alle labbra, ora, e si domandava perchè non li aveva fatti prima; ma si sentiva incatenato al divano come al supplizio. Si domandava perchè aveva peccato contro quelle donne che erano state gentili con lui, senza che egli le ringraziasse nemmeno con una parola. E non mai come allora sentì l'ostilità del distacco che c'era fra i suoi pensieri ed i suoi atti, e l'impossibilità di risolvere in parole i suoi sentimenti. Una specie di gioia, sorda e tenue, gli venne da questo, parendogli una forma nobile di pena dalla quale non poteva allontanarsi.

*

* *

In quella, l'uscio s'aprì e comparve: comparve quella che aveva sempre riso. Svelta gli venne vicino, gli si sedè accanto, lo guardò negli occhi. Non era più la stessa che aveva riso fino ai singhiozzi. Come una ferita che non duole più, il suo viso s'era addolcito e rassegnato.

Gli occhi freschi e silenziosi s'avvicinavano a quelli di Sebastiano Melampo come due calamite. E Sebastiano Melampo sentì nettamente per la prima volta, che non doveva partire, e che era bene e giusto restare a parlare o a tacere con quella che aveva sempre riso. Si sentì guardare e osservare come un ammalato quando non si sa di che malattia è infermo; anche sentì che ella lo considerava con una certa nobiltà di sguardo; e la sua sofferenza vide specchiata in quella, e un nodo leggero come un alito parve stringerli insieme.

— Che hai? Perchè non parli? Ti senti male? Vuoi un bicchierino? Vuoi un bicchierino di cognac? Ti farà bene, te l'assicuro. Non qui, in camera mia, non è vero? —

E senza attendere la risposta, lo prese per mano, lo condusse fuori del salotto. C'era quasi buio, ma si sentiva il freddo respiro lungo d'un corridoio. Aprì un uscio a destra, accese la luce, richiuse la porta, sempre tenendolo per mano come un bambino.

Sebastiano Melampo cominciava ora ad aver voglia di dire tante cose. Tante cose sempre pensate e mai potute dire, gli pareva ch'era giunta l'ora di dirle. Ma non sapeva da quale cominciare; e ad un tratto (– come se uno gli premesse improvvisamente sulla spalla –) sentì che quelle cose tutti le sapevano e non valeva la pena di ripeterle. Allora gli ritornò un impeto folle di uscire, come una ventata fredda sul viso, di respirare solo nella strada e dire magari a se stesso quello che non valeva la pena di dire agli altri.

Ma appena ella si mise a parlare, fu come se un nodo in gola gli si sciogliesse; e si lasciò cadere su una sedia, e guardò la stanza.

Una lampada velata di tulle rosa, pendeva dal soffitto, aerea, ferma e leggera come un ragno che sul suo filo si fosse appeso ad attendere la mosca. Contro il muro, un letto bianco, con la coperta ricamata di fiori ingenui, ed un tavolo vicino alla finestra, celata anch'essa da una portiera di velluto rosso.

*

79

Un grande silenzio. Sebastiano Melampo si fermò ad osservare questo silenzio che non era ambiguo, ma fermo, solido, pacifico come quello delle cose abbandonate. Gli pareva di essere solo, di essere entrato a tradimento. Ma il cuore gli batteva, perchè il silenzio era troppo forte. Pareva che innumerevoli orecchie stessero ad origliare dietro le porte, le tende, sotto il letto.

Ella lasciava che conoscesse le cose: da un movimento degli occhi fugacissimo, gli parve di capire ch'ella aveva piacere di questo suo interessamento. Come se ora si fosse destato, ora cominciava ad essere presente.

— Sei ancora triste ? — disse ella, sedendoglisi ai piedi, col mento poggiato sulle sue ginocchia. — Sei stanco? Sei malato? Dimmelo a me, tanto a me si può dir tutto. E poi sta sicuro; è tutto chiuso e non ci possono nè sentire nè vedere. Sta allegro. Vedi che ora non rido più. Hai sentito prima come ridevo? Ora non rido più. L'ho fatto apposta; faccio sempre così per conoscere meglio i tipi che capitano. Se sono ordinari, si mettono a ridere subito con me. Credono che io mi diverta. Te, ho capito subito che tu non sei uno qualunque. Più io ridevo e più tu eri triste, credevi che non ti guardassi? Mi sarebbe dispiaciuto che fossi andato via senza parlarmi. L'altra, ma già tutte, è più allegra: e chi è allegro ama l'allegria. Il vino piace più di tutti agli ubriachi.

Che ne dici? Non aver paura, guardami negli occhi! Che begli occhi! Non sono quella di prima, sono un'altra. Ti piaceva più quella di prima? È impossibile. Vuoi che io rida? Vuoi che io rida? Ridiamo insieme, così, dammi le mani, ridiamo —.

E afferrategli le mani nelle sue calde e frementi, scoppiò in una risata cruda, irreale, febbricitante, che le arrovesciò la testa indietro e le squassò il petto. E lo guardava fissamente, con gli occhi perduti nei suoi, come quando con la lente si raccolgono i raggi del sole e si proiettano sulla mano finchè scottano. Ma Sebastiano Melampo non rideva, e la guardava come il muto guarda uno che parla. Di colpo ella non rise più, come se lasciasse cadere una veste troppo pesante, come se con un gesto secco si fosse tolta una maschera; e lo guardò come si guarda da un picco la valle, quando s'è gettata una voce per tentare l'eco, e l'eco non ha risposto.

Si raddrizzò sulle ginocchia, gli strinse le mani per interrogarlo, e seguendo la fine del suo sguardo disse:

— Che guardi laggiù ? È un crocifisso d'argento. Non me l'hanno regalato, l'ho comprato. Ci credi tu a Cristo? Io ci credo. Vedi com'è bianco? Lo vuoi vedere? —

S'alzò, s'accostò al letto, vi montò con le ginocchia, spiccò dal muro e portò un Cristo d'argento, un po' velato, come se la sua nudità rabbrividisse.

— È bello. Non ti fa ridere che io abbia un crocifisso in camera mia? Non lo mostro mai a nessuno. Gli altri lo guardano e poi ridono. Qualcuno vorrebbe chiuderlo nel cassetto, ma io non voglio. Vedi che bel colore: è patinato tutto; così era quando l'ho comprato. Dimmi, non ti fa ridere una donna come me che ha un crocifisso in capo al letto? Dammi un bacio, caro! Se tu sapessi quando l'ho comprato! Fu una sera di sabato. La casa era piena di gente, quasi tutta conosciuta, che viene spesso e quasi a giorni fissi. Io stavo poco bene, e la padrona aveva concesso che restassi sola in camera, senza ricevere nessuno. Invece, verso le undici, dopo che avevano bevuto molta sciampagna e cantato a squarciagola, due giovinotti vollero per forza venirmi a trovare, tanto per veder s'era vero che mi sentivo male. La padrona e le compagne si opposero, ma non ci fu verso: vollero venire per forza, e come io avevo chiuso a chiave la porta minacciarono di sfondarla. Per non far troppo baccano, mi decisi ad aprire. Avevo la febbre e non mi sentivo nemmeno di dire una parola. Aprii ed entrarono dentro. Stettero ai piedi del letto fin quasi alla mattina. A discorrere di niente; ed io avevo la febbre che diventava sempre più alta, e bruciavo dall'arsione. Mi offrirono della sciampagna, che dovetti bere per forza, un sorso da ogni bicchiere. La padrona non ci potè nulla. Alla mattina se ne andarono a letto. Allora mi addormentai. Svegliandomi verso le dieci, nel rivoltarmi fra le lenzuola fradicie di sudore, sentii qualcosa cadere sul tappeto. Mi alzai, corsi a vedere. Era questo crocifisso. C'era stato a sedere in fondo al letto un giovanotto il più cattivo fra quanti ne vengono. Pensai che forse era suo: lo dissi alla padrona. La padrona lo prese in consegna, in attesa che qualcuno venisse a ricercarlo. E la sera stessa infatti venne, non quello cattivo, ma l'altro, uno che avevo visto quella sola volta, il quale disse che il crocifìsso era suo, e che lo teneva per venderlo. Gli proposi di venderlo a me, a qualunque prezzo. Lui rimase male. Ma non potè dire di no. E lo comprai. Era di domenica, mi ricordo, e come volevo subito attaccarlo al muro, non potei far comprare i chiodi, tutti i negozi erano chiusi. Lunedì mattina, era già bell'e messo. Non l'ho più toccato. Guai se qualcuno fa mostra di volerlo prendere. Sarei capace di chissà che cosa. Per te invece, appena l'hai guardato, l'ho preso. È vero che tu non sei uno come tutti gli altri? Certo, è vero? Perchè non parli? —

Ella s'era seduta ancora ai suoi piedi, e con le mani sulle sue ginocchia lo carezzava amorevolmente con una dolcezza che non aveva nulla di frivolo, ma era invece pesante e grave, come se ella con le sue carezze ricoprisse qualche cosa, e tessesse una tela ch'era per rompersi e che non doveva essere rotta.

Sebastiano Melampo la guardava sui capelli, ch'erano castani scuri con riverberi di rame: ondeggiavano e s'increspavano come un'acqua. Ma non le interessavano i suoi capelli, nè le sue parole. A poco a poco s'era distaccato da tutte le cose che, sia pure brevemente, l'avevano attratto, come una barca che lascia l'acqua e approda. Ma quanto più era piccolo e si restringeva il cerchio delle cose presenti, tanto più era grande e s'allargava il cerchio delle cose che apparivano alla sua mente. Come i motivi di una grande orchestra, non fusi, ma uno per uno, gli risuonavano nell'anima le voci di dolore e di pena udite chissà dove.

*

* *

Un corteo di dolorose ombre sfilava davanti ai suoi occhi. Donne a testa bassa che seguivano un uomo impettito, come cagne frustate; bambini che con la testa in su guardavano la madre che piangeva; vecchi curvi che andavano per strade erte e brecciate, dove i loro piedi s'incastravano tra i ciottoli, e non avevano più forza di andare; occhi pietosi che si affacciavano nel vano di un vicolo, e non guardavano nessuno, ma così pietosamente guardavano soltanto la terra; urli soffocati nella notte, che non si sa donde vengono e se son di piacere o di dolore, ma che sono di pena certamente; canzoni a notte alta cantate sotto finestre che non s'aprono, nel freddo della luna e del silenzio; parole venute alle labbra tante volte, parole d'amore e di speranza, e che tante volte erano state ringoiate come bocconi amari; luci accese nella notte, in alto, dove il cielo comincia a splendere cupamente, mentre tutto dorme; fontane che si sentono chioccolare nell'oscurità, d'estate, quando l'ombra pesa come un fogliame carnoso, e che viste da vicino non erano fontane, ma bocche che si lamentano arse dalla sete; mani rozze e rosse che stringevano quella dell'amico tremando, sulla porta della casa, con gli occhi che volevano guardare e si giravano intorno come quelli di chi è rimasto solo in casa quando tutti sono partiti; urli delle donne scapigliate sulle porte delle case, mentre la morte se ne va lentamente e indifferente; e infine l'urlo selvaggio, ma che non s'alza da terra, che bisogna chinarsi con l'orecchio a terra per sentirlo, l'urlo della terra stessa che si squarcia e si torce senza sapere perchè, senza sapere perchè.

Sebastiano Melampo cominciò a tremare. Toccò i capelli di lei con le mani che volevano essere dolci, e furono invece troppo dure, come se i fremiti che vi circolavano si frangessero in quel punto. Ella si volse a lui, come rapita dalla speranza. Lo guardò, lo interrogò con gli occhi, ma egli tremava e gli occhi gli ardevano. Il silenzio della casa gli toglieva ogni coraggio. Tutta la sua forza si dissolveva in un tremore che come un fascio di fili lo assorbiva tutto senza spegnerlo.

Un bisogno di essere perdonato gli diceva di mettersi in ginocchio, di strisciare con la lingua in terra. In terra giaceva il crocifisso, bianco sul rosso del tappeto, come se non ci poggiasse.

*

* *

«— ....e le parole d'amore che non si son potute dire, e che erano pronte da tanto tempo; e l'amore che s'è dovuto negare quando il cuore scoppiava d'amore; e l'elemosina che s'è rifiutata quando ci si voleva fermare a donarla; e le orecchie che si son chiuse quando più si voleva ascoltare; e l'ombra pesante che si fa in mezzo all'anima come un lampo che cade, quando si vorrebbe aver l'anima leggera; e i pensieri cattivi che come un'infezione entrano nel cuore e lo rodono come vermi; e il silenzio, l'unico che ascolta le parole che la bocca non può dire, ma che non risponde, e con i suoi occhi di cane e di coniglio impietra chi lo guarda....»

*

* *

Sebastiano Melampo sentì il peso di una grande colpa e allargò le braccia come per gettare un grande urlo, ma il respiro sulla bocca gli si spense, come rapito dall'aria della stanza.

Ella era con la testa poggiata sulle sue ginocchia; e la nuca bianca macchiata di lentiggini gialle, splendeva, come una nudità intima e dolorosa, una cosa che non si doveva guardare.

I suoi occhi la fissavano, dolorosamente la tenevano sotto lo sguardo, come se non se ne potessero più staccare. Ma il tremore cresceva, e allora ella si volse come se il suo sguardo l'avesse ferita; gli occhi umidi e pietosi parevano fossero per frangersi. Muoveva le labbra, ma non si sentiva il suono della sua voce, come se fosse lontana lontana, come se fosse sott'acqua boccheggiante. Nemmeno ella poteva più parlare. E all'uno e all'altra le braccia di colpo s'abbandonarono come se un peso le stroncasse. E sentirono che non c'era più nulla da dire.

Il tempo passava con la stessa fluidità del silenzio. Nessun rumore nella casa, ma come se tutti fossero in ascolto.

— Che hai? — supplicò infine ella, con una voce che pareva bagnata di lagrime, come una foglia di rugiada.

— Nulla.

Rispose Sebastiano Melampo. E gli parve che rispondesse non solo alla domanda di lei, ma a cento domande che gli uomini e le cose già s'erano rivolte e rivolgevano ora a lui.

*

*   *

«....Nulla di tutto quello che ci circonda; nulla di tutto quello che pensiamo; nulla di tutto quello che cerchiamo, nè di quello che ci è stato promesso; nulla di nulla; le parole dette non furono ascoltate; le parole sentite non furono mai pronunziate; nulla, come questo silenzio, nulla, come un'acqua dove tutto affoga; nulla come nulla, e sempre nulla».

*

*   *

E fu tentato di prenderla per un braccio e costringerla a guardar l'uscio, come se ci fosse qualcuno. Ma non c'era nulla. Soltanto la maniglia d'ottone brillava come se fosse viva. La lampada velata ardeva fermanente, come se ardesse dall'eternità. La casa era silenziosa come se non esistesse più; come se tutti se ne fossero dimenticati. Il tempo fluiva, ed ogni minuto che precipitava, pareva che portasse con sè qualcosa, e vuotasse l'anima di qualche immagine e di qualche ricordo per farla più somigliante al nulla.

Allora ella, come se un lungo discorso finisse, incrociò le braccia sulle sue ginocchia, e vi appoggiò la testa, come per dormire, con calma.

I pensieri cacciati da una vertigine senza respiro, apparivano, precipitavano, s'inabissavano, come serpi cacciati dalle fiamme, mentre il silenzio diventava freddo e forte come quello che precede la morte.

83

«Bussano alla porta? Hanno bussato alla porta? S'è sentito uno scalpiccìo ed un brusìo di voci basse, poi s'è spento. Pareva che qualcuno si fosse fermato ad origliare dietro l'uscio. Il silenzio s'è rattratto, come una piovra che ritira i suoi tentacoli. Ma non è nulla.

Dorme? Sogna? Come trema? Forse piange! Ecco la vita, è questa. Un'ora fa noi ci ignoravamo come due atomi spersi nell'universo, ed ora siamo qui, condotti per mano dal destino sul ciglio di un abisso che s'è aperto apposta per noi. Tutto il male che ho fatto nella vita, tutto il bene che non ho fatto, le ingiustizie che ho guardato a cuor leggero, le mani tese che mi hanno sfiorato senza che io mi fermassi, le parole dure pronunziate con le labbra fredde, le carezze non date per timore o per orgoglio, — ecco, la trista, carovana sfila dinanzi a me. Ad una ad una vengono le immagini vestite di nero. Che musica le porta, anima mia? Mi pare che un volo d'angioli, lieve come un fruscio di foglie, sospinga queste immagini lente. Che occhi, Signore, che occhi nell'oscurità. È come se la sera fosse entrata dalla finestra con la sua lampada accesa a vedere chi è vivo e chi è morto. Son vivo ancora, anima mia! Ma il cuore comincia ad aver sonno!

Tutto il male che ho fatto! E bastava varcare una soglia aperta, per guardare il male degli uomini che sono ad un passo da noi, e che noi non conosciamo, che si lamentano e sono stanchi di lamentarsi, o Signore.

O Signore, piglia l'anima mia! Disperdila come la polvere della strada, come la foglia dell'albero!

Che musica è questa, anima mia! Note d'arpe celesti che cadono come perle senza frangersi; singhiozzi di violini lunghi che fanno trasalir l'aria con una domanda appena modulata, appena accennata! Non è questa la voce della terra? C'è qualcuno che piange dietro i vetri, e con la gola soffocata, poggia il capo sulla spalla del compagno che non ha più parole da ripetere. Sono i mendicanti che suonano, appoggiati al muro; si chinano un poco in avanti, trascinati dalla loro stessa onda, si rilevano e guardano in alto. Sono ciechi e ti vedono, o Signore! Perchè l'ombra entrò nell'anima mia? Ti cercai non per le tue vie. Signore, e la tua voce non seppi riconoscere fra mezzo alle altre!

Domani, domani sarò più bello! Anima mia, domani sarà più bello!

Ma era pur bello e dolce andare per le vie nella mezz'ombra! Gli uomini uscenti dall'oscurità, presi dalla luce come da una fiamma che li investiva dai piedi alla fronte, abbassavano gli occhi, come per salutarti, o Signore! Chi potrà mai dimenticare gli occhi degli uomini. Signore? Come ferite senza sangue lucevano nella sera; come ferite celesti dietro le cui labbra s'affacciava l'anima battuta a chiedere pietà.

Che musica è questa, anima mia! È forse quella che accompagna il passo degli uomini senza ch'essi la sentano? Non è forse quella che fa cader le stelle nella notte, zampillare le fontane nell'oscurità, sbocciare i fiori sulle fratte, rabbrividire l'acqua contro le prode, dove si frange come la fronte degli uomini contro le porte chiuse, o Signore? Non è quella che accompagna come un soffio il gesto degli uomini quando fanno l'elemosina o colgono fiori con le dita sanguinanti che non dolgono? Non è quella che fa cader le foglie come una voce dell'eternità, come una carezza della terra sulle spalle dei solitari che camminano rasente i muri?

Ecco i tuoi figli, Signore. Essi non t'hanno sentito ne t'hanno visto, ma t'hanno onorato senza conoscerti. Io non ero con essi, io ero solo!

Musica dell'anima mia, trascinami con te!

Che è, che è che m'allaccia tra la fronte e la gola? Chi è che mi preme gli occhi e la bocca? Sono i sorrisi perduti che non mi giunsero, come fiori gettati da mani bambine; le parole d'amore che non sentii, le carezze che non ricambiai. Eccole tutte intorno a me intrecciate, fresche e leggere come allora! Eccole tutte intorno a me le ombre della mia stanza lontana che mi conoscono e non si muovono al mio entrare, come gatti fedeli e silenziosi; ecco le ombre assaporate con le mani cieche lungo i muri di sera, quando tra i veli del cielo che s'annera tu affacci il tuo volto dolente, o Signore; ecco le parole di tutte le sorelle malate, curve sulle spalle dei fratelli muti che non hanno più carezze; ecco le strade si muovono, mi vengono intorno, le strade fuori della città, dove ci sono i cipressi solitari come mendicanti, dove ci sono le case cinte da giardini che custodiscono il male degli uomini; ecco il tramonto ha fatto un ricamo d'oro sulla tua gonna d'educanda, o amore, un ricamo che non t'appartiene; ecco c'è un altro crocifisso che scricchiola attaccato al muro, la notte, quando il sonno come un fantasma gira per la casa; ecco le mani stanche che non strinsi, m'hanno ritrovato, e m'accarezzano lungamente; sono stanche eppure m'hanno perdonato.

Musica dell'anima mia, trascinami con te! Trascinami con te! Il Signore mi riconoscerà!».

*

* *

— Che hai, caro? Tu piangi? Hai gli occhi rossi; ti senti male? dimmi, che hai?

— Nulla!

— Ah, nemmeno tu mi ami, tu pure mi disprezzi! Tu pure mi credi una donna qualunque!

*

* *

E rovescia per terra in preda ai singhiozzi si torceva come se fosse incatenata alle fiamme.

La luce della lampada si faceva sempre più debole, come se scendesse gradino per gradino fino a terra, sotto il peso della notte che la premeva da tutte le parti per soffocarla.

*

* *

«Signore, Signore, dammi tu una parola sola!».

*

* *

Senza parlare egli la sollevò da terra, la portò sul letto, ve la distese. Non piangeva più. Come una bestia stroncata dalla fatica, giaceva supina con gli occhi semichiusi; se ne vedeva il bianco agli angoli e il mezzo cerchio della pupilla, come una lunetta azzurra. Le narici vibravano come una

85

fiamma violetta che arde. La bocca contorta, come per un dolore che non riusciva a tramutarsi in grido.

Dopo lo sforzo del sollevarla e adagiarla, Sebastiano Melampo si sentì meglio. Le immagini dolorose che fino allora gli erano passate nella mente, erano scomparse col fissarle, come se la luce del suo sguardo avesse disciolto le loro ombre.

Tornò a sedere.

Ma ora, tutto improvvisamente ritornava passeggero e caduco.

Le cose emerse dall'acqua cupa che le teneva celate, nell'acqua riaffondavano, tranquillamente. Ci fu un momento che non vide più nulla, come se la coscienza e la vista fossero una stessa cosa che gli si ottenebravano insieme. Riguardando la sua esistenza, e la realtà delle cose che aveva fatte e viste, gli parve di svegliarsi da un sogno, incerto se aveva sognato. I minimi aspetti del passato gli apparivano incredibili. Come un vecchio che non si fosse mai guardato in uno specchio, egli si vedeva ora per la prima volta; e la sua vita gli pareva una cosa qualunque emersa dal mare in una sera di bassa marea. Ma una cosa bruciata nel cuore, una cosa chiusa per tutti, per ora e per sempre. Una cosa da doversi risospingere nell'acqua.

Lazzaro della Montagna gli venne incontro col suo sorriso più triste; e gli parve di riudire distintamente il suono di qualcuna delle sue parole che toccavano l'anima rapidamente, quasi senza passare per l'aria.

A uno a uno rivedeva gli uomini curvi che salgono a sera le strade dove il sole tramonta, e guardano per terra, e non parlano. Un alone come quello che circonda le fronti dei santi, gli pareva che circondasse le teste dolenti di quella povera gente. Rivedeva il loro sorriso tranquillo, un sorriso sulla carne devastata, come un fiore sulle macerie. Risentiva i discorsi che si fanno, parole dette a mezza voce, umili parole che nessuno raccoglieva, ma che l'aria tratteneva docilmente. Risentì il canto, la musica dei poveri sotto le finestre chiuse, quando il solleone spacca le pietre. E gli parve che essi fossero i messaggeri di una buona novella, gli annunziatori che avevano visto il prodigio, ma non sapevano ancora parlare, e cantavano perchè qualcuno si destasse, e scendesse nella via, e li guardasse negli occhi, e leggesse la buona novella, e rifacesse la loro strada, e risalisse il monte donde erano discesi, e riguardassero il sepolcro a piè della croce, scoperchiato e vuoto, rimescolato lo spirito divino con l'aria umana.

Per la prima volta le lagrime seppero la strada; cominciarono a pungergli le palpebre, si gonfiarono, scesero calde; e gli parve che su tutte le piaghe degli uomini scendesse in quel momento un che di blando e di fresco come l'acqua che disseta le ferite; e come se il rombo delle città che turbinano simili a immense macchine di pietra, s'arrestasse un attimo in ascolto di quel miracolo, che si sentiva e non si vedeva, come un profumo.

Riaperti gli occhi vide ai suoi piedi il crocifisso, bianco, velato, come se qualcuno vi avesse respirato sopra, come se tutti gli uomini strisciando gli tendessero le labbra assetate e non lo raggiungessero che col respiro ardente. Gli parve che nel petto gli si aprisse uno squarcio nel quale quell'immagine entrava tutta e restava intatta. Lo raccolse; era freddo. La testa era curvata sull'omero destro, e gli occhi erano chiusi. La bocca era dolce come un fiore senza gambo. I chiodi confitti nelle mani pareva che vanissero nella carne come raggi di luce. Lo guardò fissamente e gli parve di veder le sue palpebre sollevarsi, e comparire le pupille dolci come l'acqua, come il fiore, come la stella. Le lagrime rafforzarono, come una doglia oscura che si diffonde. Poi s'arrestarono con calma, come un frutto quando ha dato tutto il succo.

Si alzò tentennando, ma sicuro; si avvicinò al letto dove ella riposava con le mani pesantemente distese lungo i fianchi. La toccò sulla fronte, che scottava. Ella aprì gli occhi, come meravigliata di vederlo ancora lì. Egli le pose il crocifisso sulle labbra: ella lo baciò due volte, sul volto e sui piedi. Egli lo baciò sul volto e sui piedi.

Poi si mise in ginocchio a fianco al letto.

La vita ricominciava. Le cose affondate nell'acqua cupa, ritornavano a galla, più pure, più semplici, più leggere.

Sentì un grande bisogno d'aria e di luce. Ella aveva richiuso gli occhi; e la contrattura della bocca s'era spianata come sotto una carezza.

Allora si alzò, e in punta di piedi, per non urtare il letto, riattaccò il crocifisso al chiodo.

Andò verso l'uscio, posò la mano sulla maniglia. Si volse a guardare quella che riposava; ella respirava tranquillamente, come se dormisse: quella tranquillità gli giunse al cuore come un fascio di luce fresca.

Aprì l'uscio e un ventaglio di luce tagliò l'ombra in due parti. Guardò nel corridoio oscuro; nessuna voce; riconobbe la porta dalla quale era entrato. Spense la luce adagio adagio; uscì. Adagio adagio riaccostò l'uscio, lo chiuse. In punta di piedi, col respiro sulla bocca, traversò il corridoio, aprì la porta. Tremava ancora sul pianerottolo la rosa verde della lampada.

Scese di corsa le scale e fu sulla via. Le stelle erano tante e così vive che egli si sentì da tutte guardare; e sorrise.

*

* *

L'ULTIMA SOGLIA NON È CHE LA PRIMA

Ricordati sovente di quel proverbio; che la vista non si sazia per vedere, nè per sentire s'empie l'udito. Ti sforza dunque di svellere il cuore tuo dall'amore delle cose visibili, ed alle invisibili rivoltare se stesso.

L'Imitazione di Cristo.

I. 1°. 4.